少年萌經典
西遊記
孫悟空鬥神魔
明 吳承恩／原著
管家琪／改寫
NOFI／繪

【新版序】

寫在四大名著改版之前

管家琪

很多歷史人物，由於事蹟傳奇，備受老百姓的景仰，就自然而然進入民間文學的領域，成為民間故事的素材，譬如包公、關公、諸葛亮、岳飛、媽祖等等，唐代高僧玄奘也是如此。明代文學家吳承恩（約西元一五〇四～一五八二年）的《西遊記》，最原始的素材，就是來自於玄奘西行求法的壯舉。

吳承恩不是第一個這麼做的文人，不過，應該是作法最創新，可也是最委屈玄奘的人。

他的創新之處，是一改過去都是以玄奘為主角的作法，重新創作了一個嶄新的角色來做為主角——這就是孫悟空。孫悟空實在是太神了，他的「神」，都來自吳承恩高超非凡的想像力，同時，孫悟空雖然是一隻從石頭裡蹦出來的妖猴，吳承恩非常聰明的讓他具有鮮明的人性，還有不少壞毛病，諸如脾氣暴躁、行事魯莽，這些壞毛病反而讓孫悟空顯得極為可親。

在取經小組裡，孫悟空毫無疑問絕對是臺柱，包辦了所有的麻煩事。為了襯托孫悟空的神，他的兩個同事，一個好吃懶做、愛打小報告（豬八戒），一個悶不吭聲、只管努力幹活（沙悟淨），而小組主管唐三藏（玄奘），則被塑造成一個昏庸的爛好人，如此就不愁沒有衝突和戲劇張力了。與此同時，再神的人也會有弱點，孫悟空的弱點，就是頭上那個拿不下來的緊箍兒，這是南海觀音送給玄奘，讓玄奘用來控制孫悟空的。

儘管《西遊記》被譽為中國第一部長篇童話，吳承恩的寫作初衷當然不是為了孩子們而寫，畢竟兒童文學是近代來自西方的概念，但自《西遊記》問世四百多年以來，孩子們都愛死了孫悟空，都巴不得自己是孫悟空，只除了不希望有孫悟空那個緊箍兒。（可話說回來，誰沒有呢？）

鑒於孫悟空出世、再到大鬧天宮，然後被菩薩收服、壓在五指山下這個部分，是《西遊記》中公認的精華，多年前我替幼獅文化做改寫版時，就決定要對這個部分著墨最多，相信大家一定會看得很過癮。

取經小組成員集合完畢，開始西行之後，雖然故事比較公式化，都是碰到妖怪、打敗妖怪，唐三藏被抓、再被孫悟空解救，但很多回合都還是很精采，你也都會看得到。

西遊記的誕生

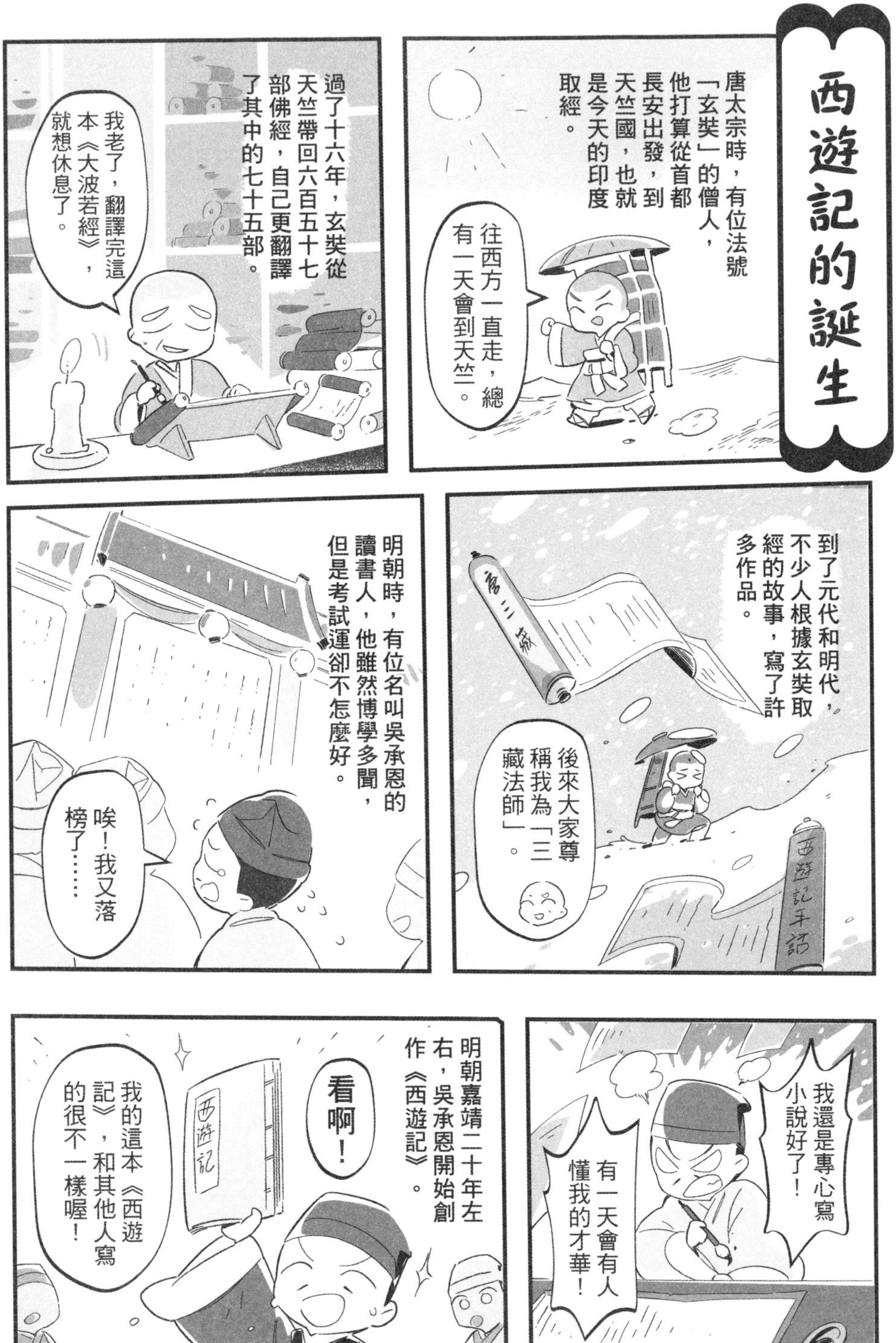

唐太宗時，有位法號「玄奘」的僧人，他打算從首都長安出發，到天竺國，也就是今天的印度取經。
往西方一直走，總有一天會到天竺。
過了十六年，玄奘從天竺帶回六百五十七部佛經，自己更翻譯了其中的七十五部。
我老了，翻譯完這本《大波若經》，就想休息了。
到了元代和明代，不少人根據玄奘取經的故事，寫了許多作品。
後來大家尊稱我為「三藏法師」。
西遊記平話
明朝時，有位名叫吳承恩的讀書人，他雖然博學多聞，但是考試運卻不怎麼好。
唉！我又落榜了……
我還是專心寫小說好了！
有一天會有人懂我的才華！
明朝嘉靖二十年左右，吳承恩開始創作《西遊記》。
看啊！
我的這本《西遊記》，和其他人寫的很不一樣喔！
西遊記

這本《西遊記》的主角不是玄奘。
什麼？我不是男主角？
主角是一隻名叫「孫悟空」的猴子，是玄奘的大徒弟。
男主角是一隻猴子？這樣書會賣嗎？
除了孫悟空，還有豬八戒和沙悟淨這兩個妖怪當固定班底。
我該不會連男二都排不上吧！
故事設定孫悟空法術高強，沿路打怪。
BONK!
這些妖魔鬼怪，都不是我的對手！
我的金箍棒可以伸縮自如，
我還會七十二變，變出許多分身。
還有一朵筋斗雲，一翻就是十萬八千里。
悟空，我們必須一步一腳印到天竺，你這樣抄捷徑是不對的。

豬八戒是玄奘的二徒弟，不但貪圖美色，又好吃懶做。
而且常常闖禍，總是要孫悟空幫他收拾善後。
呀！
師兄，這個女妖好可怕，你快救我！
嘖
沙悟淨是小徒弟，因為大哥孫悟空太能幹，
二哥豬八戒太有個人特色，所以存在感很薄弱。
嘩──嘩──
其實我是流沙河裡的吃人妖怪喔！
玄奘在小說裡，常被稱為「唐三藏」或「唐僧」，騎著一匹小龍馬。
我本來是龍王的三兒子，是龍王子呢！
據說吃了玄奘的肉可以長生不老，
所以沿途遇到的妖怪都想吃掉他。
讓我們咬一口吧！
玄奘的人物設定也不同以往，是個善良到缺乏判斷力、是非不分的人。
我打死的不是人，是妖怪！
師父，冤枉啊！
我不相信！我要念緊箍咒來懲罰你！

充滿豐富幻想的《西遊記》討論度很高，裡面描述的世界，總是讓人嘆為觀止。
西遊記
整部《西遊記》共有一百回，將近六十萬字，是一部章回小說。
西遊記
一百回
除了主要角色，還有許多神仙、妖魔出現。
《西遊記》也被翻譯成很多語言，受到世界各地人們的喜愛。
我們都喜歡《西遊記》！
因為太受歡迎，還被拍成電視劇、電影、動畫……。
這本書裡擷取《西遊記》中最精采的部分，是精華中的精華。
來看我老孫遊遍神魔之國吧！

主要角色

別稱：石猴、美猴王、齊天大聖、孫行者
性格：有仁有義，不輕易放棄，有時愛捉弄人。
專長：七十二變
配備：金箍棒
交通工具：筋斗雲
討厭：緊箍咒

玄奘

別稱：唐三藏、唐僧
性格：善良到有點缺乏判斷
專長：念緊箍咒
配備：九環錫杖
交通工具：小龍馬
討厭：被妖怪吃掉

豬八戒

別稱：豬悟能、天蓬元帥
性格：好吃懶做、好色
專長：吃、闖禍
配備：九齒釘耙
討厭：上當

沙悟淨

別稱：沙僧、沙和尚、捲簾大將軍
性格：沉默寡言、尊師重道
專長：吃苦耐勞，任勞任怨。
配備：降妖寶杖
討厭：被忽略

妖魔配角

金角大王・銀角大王

原本是太上老君座下看金爐和銀爐的童子，偷了老君的五件寶貝後私自下凡。

白骨精

擅長「解屍法」，多次騙倒玄奘，號稱白骨夫人。

黃袍怪

原是二十八宿之一的「奎木狼」，擅長「黑眼定身法」，武功高強。

牛魔王

曾是孫悟空的結拜兄弟，和鐵扇公主有個名叫紅孩兒的孩子。

鐵扇公主

牛魔王的老婆，擁有能搧熄火焰山之火的芭蕉扇。

犀牛怪

喜歡吃酥合香油，因此變成佛像，讓金平府地方官員設金燈，年年元宵都去收燈油。

蛇盤山（鷹愁澗）
兩界山（五行山）
長安城
高老莊
斬妖除魔大地圖

五莊觀
碗子山（波月洞）
流沙河
寶象國
白虎嶺
平頂山（蓮花洞）
火燄山
天竺國（金平府）
天竺國

目錄

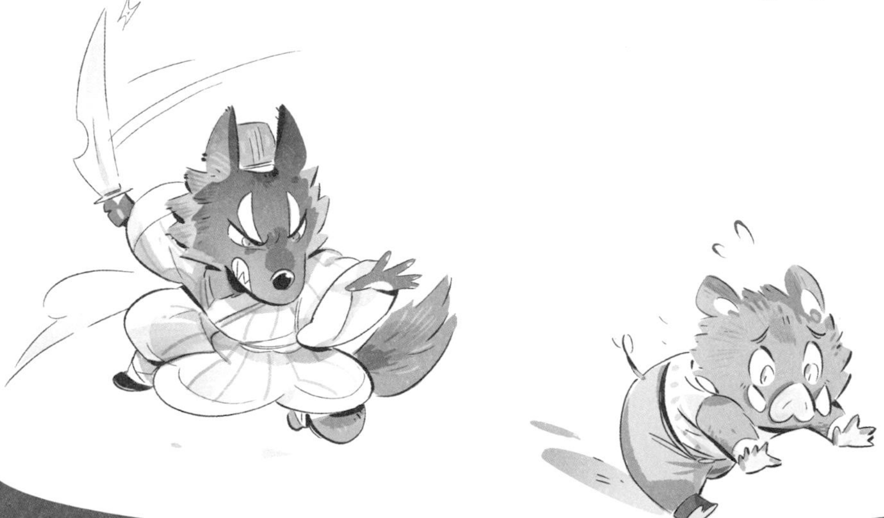

壹

齊天大聖養成記

在成爲唐三藏的徒弟之前

第一章 美猴王

很久很久以前，大海中有一座山，叫做花果山，山上有四季長青的草木，和終年不斷、各式各樣的水果。這裡有鹿、有鶴，還有很多很多猿猴，都過著逍遙自在的生活。

山頂上有一塊很大很大的仙石，仙石上有九竅八孔，日夜感受天地靈氣和日月精華。有一天，「轟」的一聲，巨大的仙石忽然迸裂開來，滾出一個圓圓的石球，迎風一吹，從石球裡面竟然蹦出了一隻石猴。石猴睜開雙眼，兩眼放出耀眼的金光，直射天宮，把當時正坐在

凌霄寶殿的玉皇大帝給嚇了一大跳！

「怎麼回事？」玉皇大帝立刻命令千里眼和順風耳打開南天門去察看。

不久，千里眼和順風耳回來稟報，說那兩道金光是從花果山一隻天生石猴的眼裡射出來的，只要那石猴吃了凡間的食物，金光自然就會消失。玉皇大帝聽了，也就沒有放在心上。

石猴一出生就會走、會跑、會跳，非常靈活。他喝泉水，吃果子，和豺狼、虎豹、獐鹿為友，毫不畏懼，與猿猴們更是親熱，很快的就像是一家人一樣。

有一天，天氣炎熱，石猴與猿猴們先是在松蔭之下玩耍避暑，接著又一起跑到山澗中去洗澡沖涼。玩著玩著，大夥兒一時興起，便順著澗水往上爬，想要尋找山澗的源頭。

沒想到源頭竟是一道瀑布飛泉，好漂亮、好壯觀啊！

瀑布裡頭會是什麼呢？大夥兒都很好奇，便七嘴八舌的說：「誰敢鑽進瀑布去看看，又不受傷，我們就拜他為王！」

一片吵雜中，石猴跳出來，應聲高叫道：「我進去！我進去！」

他蹲下身子，眼睛一閉，便縱身跳進了瀑布！

跳進去之後，石猴睜開眼睛抬起頭仔細一看，這才發現裡頭居然沒有一滴水，而是一座鐵板橋。一過了橋，便看到一座山洞，洞口有一塊石碑，上面刻著一行大字：「花果山福地，水簾洞洞天。」

石猴走進洞裡一看，裡頭是一間很大很大、起碼可以容得下一千人以上的石房，而且從石床石桌石椅、石鍋石灶，到石盆石碗，樣樣俱全。

石猴高興極了，回轉身子往外走，剛跳出來就忍不住大樂道：

「哈！太棒了！太棒了！」

猿猴們把他團團圍住，紛紛熱切的問道：「裡頭的情況怎麼樣？水有多深？」石猴笑著說：「沒水沒水，裡頭舒服得很呢！我們統統住進去，以後再也不必擔心颳風下雨了。」

他把石洞裡的情形向大家描述了一番，猿猴們聽了，也都興奮得不得了，又蹦又跳的嚷嚷著：「快帶我們進去！快帶我們進去！」

「沒問題，都隨我進來吧！」石猴又像方才那樣，蹲下身子，兩眼一閉，稍一用力，就跳進去了。

膽子比較大的猿猴，學著石猴的樣兒，緊跟在後，立刻就跳了進去；膽子比較小的，一個個伸伸腦袋、吐吐舌頭，還抓抓耳朵、抓抓臉，吱吱喳喳、磨磨蹭蹭了一會兒，最後也都硬著頭皮跳進去了。

哇！石洞裡比大夥兒想像得還要寬敞、還要美妙！猿猴們一個個搶著石盆石碗，占著石床石椅，互不相讓，鬧得不可開交。

石猴往正中央的石椅一坐，大聲說：「你們剛才不是說，誰能夠鑽進瀑布裡來看看，又不受傷，就要拜他為王？現在我不但做到了，還為你們找了這麼好的家，你們怎麼還不趕快拜我為王？」

猿猴們聽了，都立刻停止了吵鬧，整整齊齊的排好隊，跪下來向石猴磕頭，心悅誠服的拜石猴為王，稱他為「石猴王」。

後來，石猴自己把「石」字去掉，改名為「美猴王」。

第二章 拜師學藝

美猴王領著一群猿猴，天天朝遊花果山、暮宿水簾洞，日子過得非常快活，一晃眼就過了幾百年。

這天，美猴王正在與大夥兒嬉戲的時候，忽然情緒一陣低落，竟流下淚來。

猿猴們都慌忙跪下來問道：「大王怎麼了？」

猴王說：「我有一點遠慮，所以不開心。我們現在的日子雖然過得很好，自由自在，人間王法管不到我們，但我們暗中仍被閻王老子管著，總有一天，還是要死啊！想到這個，我就覺得很煩惱。」

一隻通背猿猴跳出來說：「大王不要煩惱，世間只有『神』、『仙』、『佛』三者不歸閻王管，能夠躲過輪迴，不生不滅，與天地山川同壽，大王若想長生不老，就得到仙山古洞去拜師學藝。」

猴王一聽，精神大振，當下決定要出外求仙。

第二天，猿猴們找來奇花異果，準備了一頓豐盛的宴席，歡送猴王；隨後又撿了許多堅硬的松枝，編了一個可以在海上漂流的筏，並且在筏上堆了很多的食物。

美猴王就這樣登上筏子，順著風漂入茫茫大海之中。

他先到了一個地方，上了岸，看到好多人在沙灘上晒鹽、挖蛤和補破網。他齜牙咧嘴的跑過去，那些人一看到他，嚇得四散奔逃。猴王把其中一個跑得慢的按倒在地，剝了他的衣服，也學著穿在身上，然後搖搖擺擺的跑到大街上，很快的就學會了人的禮節和語言。

他在這裡到處尋找仙山仙洞，可是找了八、九年都沒有找到，就再編個筏子，再度漂洋過海，來到另一個地方。

這回，找了幾天之後，在一個好心樵夫的指點之下，終於在一座「靈臺方寸山」，找到一個「斜月三星洞」，並順利拜裡頭的活神仙——菩提祖師為師父。

菩提祖師看猴王一心學道，竟歷經十數個年頭，跑了那麼遠的路才來到這裡，深為他的誠意所感，不僅收他為徒，見他無名無姓，還為他取了一個名字，叫做孫悟空；「孫」這個姓的靈感，是看猴王長得像個猢猻，把「猻」字去掉犬旁而來的。

當時也在斜月三星洞裡跟隨菩提祖師學藝的還有三、四十人。從此，孫悟空就跟著眾師兄一起讀經講道，習字焚香，閒暇時便砍柴挑水，養花修樹，灑掃庭院，天天如此，一眨眼就過了六、七年。

這天，祖師登壇講道，孫悟空聽著聽著，忽然抓耳搔腮，手舞足蹈起來。

祖師生氣的問：「悟空，你不好好聽講，在下面做什麼怪？」

悟空說：「不，弟子就是專心聽講，覺得師父講得太好了，才忍不住這麼興奮，請師父恕罪！」

祖師又問：「你來了這麼久，想學些什麼？」 隨即把三百六十門道術，包括「術」字門、「流」字門、「靜」字門、「動」字門等幾個旁門的特色都介紹了一下，但悟空一問這些旁門都不能長生不老，就都連連搖手說：「不學，不學！」

祖師大怒，跳下講壇大罵道：「你這個猢猻，這個也不學，那個也不學，到底想要幹什麼？」

說著就走上前，拿起戒尺，在悟空的頭上打了三下，然後氣呼呼的背著手走進裡間，還隨手將中門給關了。

大家不禁埋怨悟空，「都是你不好，把師父給氣走了！」

孫悟空卻還嘻皮笑臉，一點兒慚愧或害怕的樣子都沒有。

這天夜裡，祖師一覺醒來，就聽到一聲「師父，弟子在這裡跪候多時了。」

祖師聽出這是悟空的聲音，就坐起來喝問道：「你不好好睡覺，跑到這裡來幹什麼？」

「是師父叫我來的啊！」悟空說：「師父在我頭上打三下，是叫我夜裡三更時分來；背著手進入中門，是叫我走後門進來；既然師父叫我來，我就大著膽子來了。」

祖師覺得悟空很聰明，反應很快，又頗有慧根，心裡很高興，就把長生不老的祕訣教給了悟空。

轉眼又匆匆過了三年。這天，祖師告訴悟空：「你雖然已經學會了長生不老之法，但未來還有三次很大的劫難。五百年後，天將降雷災打你；再過五百年，天將降火災燒你；再過五百年，則是天將降風災吹你。這三次劫難，每一次都足以要你的性命！」

悟空一聽，毛骨悚然，慌忙跪拜說：「師父慈悲！懇請傳授徒兒躲過這三大劫難的方法！」

祖師說：「要躲災，就必須學會變化。『天罡數』是三十六種變化，『地煞數』是七十二種變化，你想學哪一種？」

悟空說：「我願意學多的。」

祖師便叫他把耳朵湊過來，小聲傳授他「地煞數」的口訣，但也吩咐他，別在人前賣弄。

悟空聰穎過人，記牢口訣，自修自練，一竅通百竅通，很快就學會了七十二種變化，而且他身上八萬四千根毫毛，每一根都能隨心所欲的變化。

過了幾天，祖師問道：「悟空，你學得怎麼樣了？」

悟空說：「多謝師父教導，弟子現在會駕雲了。」

「駕給我看看。」

悟空手忙腳亂忙了好一會兒，總算跳起五、六丈高，踏上一朵雲，飛去飛回大約花了一頓飯的時間，往返不下二、三里。

祖師笑道：「你這算是什麼駕雲？要在一天之內能夠遊遍四海，才能稱為『駕雲』，你這點功夫，連『爬雲』都還稱不上！我看你是個猢猻，挺會翻筋斗，乾脆就傳你『筋斗雲』的口訣吧！如此翻一個筋斗就是十萬八千里。」

眾師兄在旁聽了，都紛紛開悟空的玩笑，「悟空真是好福氣，學會了『筋斗雲』，就可以替人送送文書物品，走遍天下都不怕沒飯吃了！」

春去夏至，一天下午，悟空正和眾師兄們在松樹下玩耍，大夥兒興致一來，要求悟空變成一棵松樹，讓大家瞧瞧。

悟空也挺想乘機表現一番，只見他念了幾句咒語，搖身一變，果然成了一棵松樹。

大夥兒都為他熱烈鼓掌，「變得好！變得真像！悟空好厲害！」

喧譁聲把祖師給引來了。祖師大罵：「修行要有修行的樣子，你們在這裡大呼小叫、吵吵鬧鬧，像什麼話？」

大家都嚇壞了，低著頭不敢吭聲。

祖師叫其他人先行離去，把孫悟空單獨留下來痛罵：「你有多大的本事，敢在這裡賣弄，變什麼松樹？」

悟空慚愧的說：「請師父原諒！」

「我也不怪你，不過，你走吧！」

悟空一聽，大驚失色，眼眶裡噙滿淚水，「師父，您教我往哪裡去？」

「你從哪裡來，就往哪裡去。」

悟空這才猛然想起，自己離家也已經二十多年了，但仍依依不捨的說：「我還沒報答師父對我的恩情，不敢離開。」

祖師說：「算了吧！我對你有什麼恩情？你只要不惹禍連累我就行了！你千萬要記住，不管是在什麼情況之下，不管是對任何人，都不准說是我的徒弟，你若說出半個字來，我都會知道，我一定會教你這個猢猻萬劫不復！」

悟空趕緊鄭重其事的保證道：「弟子絕不敢提師父一字，就說是我自己修練的吧！」

悟空拜別了師父，縱起筋斗雲，花不到短短一個時辰便回到了花果山。

他跳下雲頭，才剛大叫一聲：「孩兒們，我回來了！」從草叢裡、樹上、山崖邊、石縫中就鑽出成千上萬的猴子，把猴王圍在當中，紛紛磕頭嚷嚷著：「大王！您可回來了！等得我們好苦啊！我們日日夜夜，成天眼巴巴的盼著您回來！」

原來，最近出現一個妖魔，自稱「混世魔王」，想要強占水簾洞，已經搶走了很多東西，還抓走了很多同伴；大家都說，猴王若再不回來，大夥兒都快撐不住了。

悟空大怒，「那個妖魔在哪裡？」

大家說：「他每次都是雲裡來、霧裡去，我們只知道他住在正北方，也不知道離這裡到底有多遠。」

悟空一個筋斗就往正北翻去，看到一座高山便落下來，很快的便找到一個「水臟洞」，三兩下就宰了那個「混世魔王」，救回三十幾個小猴。

回到花果山之後，大夥兒大開宴席，為猴王慶功接風。猴王跟大家說了些學道的情形，並且特別高興的說：「我現在有個姓了！我姓孫，法名悟空。」

大家聽了，也都很興奮，紛紛鼓掌道：「那麼，大王是老孫，我們就是二孫、三孫、細孫、小孫……一家孫、一國孫、一窩孫！」

第三章　如意金箍棒

從第二天開始，悟空就教小猴們如何砍竹為槍，削木為刀，積極操練武藝。

不過，若真的碰到什麼情況，需要作戰，竹槍木刀恐怕一點也不管用，悟空便想還是得為大家找來很多鐵製的兵器才行。

有老猴們獻策，「從我們這兒向東二百里就是傲來國，國裡一定會有鐵匠，一定可以找得到鐵製的兵器。」

悟空一個筋斗來到傲來國，果然看到有一座城池，裡頭又有好多街市，非常熱鬧。

悟空心想：「這裡一定會有現成的兵器，我乾脆使個神通，弄些現成的回去。」於是便念起咒語，吹起一陣狂風，街上的老百姓紛紛躲進屋內，沒人敢在街上逗留，商家也都提早打烊，悟空從雲頭跳下來，找到皇宮的兵器庫，打開一看，哇！裡頭果然有一大堆數也數不清的兵器，每一件看起來都很精良。

悟空高興的想：「太好了！不過我只有一個人，能搬得了多少兵器啊？」

他馬上想到了一個好主意——從自己身上拔下一把猴毛，變成無數的小猴，這樣就可以搬走無數的兵器，駕著狂風回到了花果山。

悟空「鏗鏗鏘鏘」把兵器堆在一起，活像一座小山，然後大聲吆喝道：「小的們，都來領兵器！」

猴兒們蜂擁而上，哪裡是「領兵器」，根本是「搶兵器」哩！熱鬧得不得了。

悟空清點了一下，一共有四萬七千多隻猿猴，他就把大家分組編隊，從此隨班操練，把花果山治理得益發井井有條。這麼一來也驚動了附近各式各樣的妖王，大家都自動前來拜猴王為尊，還定時獻貢哩！

有一天，悟空又對著猴兒們嘆道：「現在你們都有了兵器，就是我這把刀不好使，怎麼辦？」

他手裡的那把刀，原本是混世魔王的兵器；悟空赤手空拳宰了混世魔王之後，便把他的兵器奪過來用。

四隻老猴說：「大王是仙聖，使起凡間兵器當然不好使。有一個地方一定可以找得到好兵器，只是不知道大王能到水裡去嗎？」

悟空說：「笑話！我會七十二變，上天有路，入地有門，步日月無影，入金石無礙，水不能溺，火不能焚，什麼地方我會去不得？」

「大王有此神通就好辦了。我們這鐵板橋下，直通東海龍宮，大王何不到龍宮去向龍王要一件兵器？」

悟空覺得這是一個好主意，便念了一個「閉水法」的口訣，「噗通」一聲跳入水中，找到了龍王，理直氣壯的說：「我是花果山天生聖人孫悟空，是你的老鄰居，聽說你這裡有很多很不錯的兵器，我想跟你借一件來用用！」

龍王不好推辭，就命手下取出一把大捍刀。

悟空說：「老孫不會使刀，麻煩換一件吧！」

龍王又叫手下抬出一根足足三千六百斤重的九股叉，悟空試了一下，嚷著太輕。

龍王只好換上一把七千二百斤重的方天畫戟，悟空比畫了兩下，還是嫌輕。

龍王發愁道：「七千二百斤重的兵器您還嫌輕，我這宮中實在沒什麼合適的了。」

悟空還是堅持道：「麻煩你再找找吧！」

這時，龍后和龍女小聲對龍王說：「乾脆就讓他去拿那塊鎮海神鐵吧！」

龍王說：「那是當年大禹治水時所用的東西，能有什麼用？」

龍后說：「管它有用沒用，就送給他，任他改造，趕快打發他走吧！再說那塊神鐵這幾天突然霞光萬丈，或許也是一個兆頭，知道有人就要來取它了。」

龍王領著悟空來到鎮海神鐵的前面，神鐵果真金光閃閃，瑞氣騰騰。悟空上前一摸，原來是一根鐵柱子，起碼有二丈長，粗得不得了。

悟空說：「太粗太長了，如果能夠細一點就好了。」

嘿！沒想到話剛說完，那寶貝就自動短了幾尺，細了一圈。悟空趕緊又說：「再細些更好。」那寶貝果然又細了些。悟空又連說了幾次，直到可以拔出那寶貝。仔細一看，原來是一根鐵棒，兩頭是兩個金箍，中間是一段烏鐵，棒上還有一行字——如意金箍棒，重一萬三千五百斤。

旁邊的龍王、龍后和龍女都驚呆了。

悟空很喜歡這寶貝，「好，我就要這個了！」

他一邊走，一邊繼續念著：「再短些，再細些。」直到寶貝使起來十分順手。當悟空這麼揮舞寶貝的時候，那些蝦兵蟹將個個魂飛魄散，就連龍王看了也是心驚膽顫。

回到水晶宮，悟空又要求龍王好人做到底，再給他一副盔甲。龍王沒有盔甲，只好趕緊把三個弟弟找來，大家胡亂湊了一副盔甲給他。悟空披掛整齊，說聲：「打擾了！」這才總算滿意的離開了龍宮。

回到水簾洞，猴兒們看到悟空一身金燦燦的，光彩奪目，都紛紛拜倒，直嚷道：「大王好漂亮啊！」

悟空說了借寶的經過，還頗有幾分得意的說：「所謂『物各有主』，這寶貝藏在深海中也不知道幾千年了，龍王只當它是一塊黑鐵，可據說最近突然放光，好像就等我去拿。你們都先站開，讓我再教它變一變。」

悟空把寶貝捧在手中，叫著：「小！小！小！」寶貝真的一路縮小至如同一根繡花針那麼小，居然還可以藏在耳朵眼兒裡呢！

第四章 大鬧閻王殿

孫悟空把四隻老猴分別封為將軍和元帥，把山上所有的事務都交給他們去管理，自己則安安心心的整天騰雲駕霧，遨遊四海，拜訪朋友，日子過得好不快活。

他與牛魔王、蛟魔王、鵬魔王、獅駝王、獼猴王和禺狨王結拜為七兄弟，大家經常往來，開開心心的切磋武藝、飲酒取樂。

有一天，悟空又在水簾洞宴請六位魔王，大家喝了個痛快。送走六位魔王之後，悟空搖搖晃晃的在鐵板橋畔的松樹蔭下躺了下來，才一眨眼的工夫就已經呼呼大睡。四老猴看悟空睡得這麼香、這麼沉，不敢驚動他，便派了很多猴兒們在悟空身邊站著，小心護衛著他。

悟空在模模糊糊之間，看見有兩個人拿著一張公文向他走來，公文上寫著「孫悟空」三個字；兩人一走近悟空，一句話也不說，馬上用繩子套住他，拉著他就走。悟空踉踉蹌蹌的跟著，來到一座城池。這時，悟空的酒意已經消了大半，漸漸有些醒了，抬頭一看，看到城牆上有一塊鐵牌，上面寫著「幽冥界」。

「什麼？」悟空此時已完全清醒，喝問道：「幽冥界是閻王住的地方，幹麼把我帶到這裡來？」

那兩人說：「你到今天陽壽已盡了，我們領到公文，負責把你抓來。」

悟空這才知道，原來自己的魂靈被這兩個傢伙給抓來了。

悟空大怒：「我已經修成長生不老的神功，你們居然不知道，還敢來抓我？」

「少廢話！快跟我們走！」那兩個傢伙不理他，只顧拚命使勁兒拉著他走。

悟空簡直是氣壞了，從耳朵裡拿出如意金箍棒，晃一晃，變成像一個碗那般粗細，才稍微揮舞了兩下，就把那兩個專門抓人魂靈的傢伙給打死了。

打死那兩個傢伙，悟空還不能消氣，乾脆把身上那討厭的繩索解開，揮舞著金箍棒，一路打進城內，所有的鬼卒都嚇得要命，連那牛頭和馬面也嚇得四處奔逃，匆匆衝上森羅殿，急著向閻羅王報告：

「大王！不好了！有一個毛臉雷公打進來了！」

閻王急急忙忙整理好衣服和帽子，出來一看，看悟空相貌凶惡，不敢輕易招惹他，遂小心翼翼的應付道：「請問上仙是誰？」

悟空一聽，更為光火，瞪著眼睛大怒道：「你連我是誰都不知道，居然還敢派人來抓我？」

「不敢不敢，這其中想必有誤會。」

「我是花果山水簾洞天生聖人孫悟空。你是誰？」

「我是陰間天子，閻王。」

悟空不客氣的教訓道：「你好歹也是個王，怎麼會這麼沒常識？居然不知道我老孫已經長生不老了？還敢派人來抓我！」

閻王急忙說：「上仙息怒，天底下同名同姓的人本來就很多，一

定是那兩個小鬼弄錯了。」

可是，悟空不信，繼續痛罵道：「胡說八道！若不是你們胡亂下令，他們怎麼會來抓我？快把生死簿拿來給我看！」

閻王趕緊把悟空請到森羅殿上坐下，吩咐判官盡快把生死簿拿來。

那生死簿又厚、又大、又重，悟空親自查看。他查了人類、獸類、昆蟲類，都查不到自己的名字，直到查到「魂」字第一千三百五十號，才總算看到這麼一行——

「孫悟空，天生石猴，陽壽三百四十二歲，善終。」

「三百四十二歲？已經有這麼久了嗎？我都記不得了！」悟空自言自語，隨即又自顧自的說：「既然記不得，乾脆就一筆勾銷算了！拿筆來！」

判官慌忙把筆遞過來，還殷勤的先蘸飽了濃濃的墨。

悟空就這樣大筆猛揮，把生死簿上猴類所有有名字的統統劃掉，然後又掄起金箍棒，一路打出幽冥界。

剛打出城外，忽然絆到一個東西，跌了一跤，悟空突然醒了，這才發覺剛才所有的一切只不過是一場夢。

身邊的猴兒紛紛圍上來，關心的問：「大王終於醒了？您到底喝了多少酒？居然睡了一天一夜呢！」

悟空把夢中大鬧閻王殿的情形說了一下，還告訴大家：「我把咱們的生死簿都看過了，凡是有名字的，統統都被我劃掉了，從此那個什麼閻王再也管不到我們了！」

大家都對悟空佩服得不得了，並且紛紛向他磕頭，表示感謝。

第五章 齊天大聖

這天，玉皇大帝正在凌霄寶殿坐著，東海龍王前來告狀，說孫悟空搶走了鎮海神鐵，請玉帝派天兵天將捉拿。不久，閻王也來告狀，說孫悟空大鬧地府，還胡亂塗改生死簿，也請玉帝派兵捉拿。

玉帝感到很納悶，「這個孫悟空到底是什麼時候、從什麼地方蹦出來的？」

千里眼和順風耳說：「就是三百多年前花果山的天生石猴，當時我們不以為意，沒想到這些年他不知道在哪兒修練成仙，居然這樣到處胡鬧。」

「豈有此理！」玉帝問道：「哪一位神將願意下去把他收伏？」

但是太白金星卻有不同的看法。太白金星說：「自古以來，凡是生有九竅者，都可以修行成仙，這天生石猴也是自己修仙成道，如今有了降龍伏虎的本事，也不是什麼過錯。依老臣建議，陛下不妨大發慈悲，降一道招安聖旨，把他宣上天庭，隨便封一個小官安撫他，別讓他再繼續搗亂就是了。」

玉帝想了一想，覺得這個主意很好，就叫文曲星寫了一道聖旨，再派太白金星帶著聖旨，來到花果山宣孫悟空上天受封。

悟空很高興，喜孜孜的說：「太好了，我這兩天還在想，什麼時候有機會要到天上去走走呢！」

猴兒們看大王要到天上做官，也都覺得與有榮焉，一個個興奮得又蹦又跳。

太白金星帶著孫悟空駕雲而起，但是悟空的筋斗雲與眾不同，速度快得多，只一個筋斗便來到南天門外，太白金星還沒到呢！害得悟空差一點兒就被天兵天將擋在門外。

悟空正在與那把關的天兵天將理論吵鬧，幸好太白金星總算及時趕到，把悟空帶進了凌霄寶殿。

玉帝問：「哪個是妖仙？」

悟空立而不跪，聽玉帝這麼一問，就隨便做了一個揖，簡單應道：「老孫便是。」

滿朝神仙都大驚失色，並且用充滿嫌惡與鄙視的神情看著孫悟空，紛紛批評道：「這個野猴子！真是一點兒規矩也不懂！」

玉帝倒是不見怪，若無其事的說：「這孫悟空是下界妖仙，不知天上禮節，沒有關係，暫且饒了他。」

神仙們聽了，紛紛衝著悟空叫道：「還不謝恩？」

悟空這才向玉帝深深的一鞠躬。

玉帝要武曲星查一查，看看天庭哪裡還有空缺。武曲星報告說：「目前各宮各殿、各方各處都不缺人，只剩下御馬監還少了一個弼馬溫。」

「那就讓他去做弼馬溫吧！」玉帝說，隨即讓木德星官送悟空去御馬監上任。

悟空歡天喜地的就任，很快就與在御馬監裡工作的所有小仙見過了面，還認真的查看了資料，點清一共有一千匹天馬。

悟空工作得十分起勁，每天盡心盡力的督導手下餵馬、洗馬、牧馬，才十幾天的工夫就把一千隻天馬全都養得身強體壯，十分膘肥。

這天，御馬監的小仙們擺下酒宴，一來為悟空接風，二來祝賀他馬兒養得好。

大夥兒正暢飲得酒酣耳熱，悟空忽然停下杯來問道：「說真的，我這『弼馬溫』到底是屬於什麼樣的官銜？」

小仙們說：「『弼馬溫』就是一個官。」

「是嗎？這官是幾品？」

「沒品。」

「沒品？那想必是很大的了。」

小仙們笑道：「不，剛好相反，是很小，小到還不入流，所以沒品。」

悟空驚問道：「怎麼說『不入流』？」

「因為這官實在是太小太小了！更何況，你若把馬養得好，頂多贏得一聲『好』，如果養不好，還要受罰呢。」

悟空一聽，惱羞成怒、咬牙切齒道：「可惡！居然這麼看不起老孫！老孫在花果山稱王稱霸，日子過得好好的，如今居然被騙到這裡來養馬？不幹了，不幹了！我要回去了！」

說完就掀翻酒席，從耳朵裡取出金箍棒，一路打出南天門去了。

回到花果山，猴兒們見悟空歸來，都紛紛興高采烈的跑來磕頭說：「大王上天一去就是十幾年，想必一定過得很得意吧！」

悟空奇怪道：「不對吧？我才去十幾天，怎麼會是十幾年？」

大夥兒說：「因為天上一日，就是人間一年啊！大王在天上是做什麼官？」悟空連連搖手，懊惱的說：「唉，算了，別提了！真是氣死人了！那玉帝不會用人，居然封我做個什麼弼馬溫，幫他養馬，我到今天才知道這官兒究竟有多小，原來根本還不入流！所以我一氣之下就回來了。」

大夥兒都說：「回來得好！大王在這兒稱王，受到多少尊重，日子過得多麼快活，幹麼要去做玉帝的馬夫？」

為了替悟空解悶，猴兒們趕快擺出酒席。喝著喝著，剛巧兩個獨角鬼王來求見，聽悟空說起在天庭所受的委屈，也很為悟空抱不平，連聲說：「大王神通廣大，乾脆做個『齊天大聖』吧！」

悟空一聽這個名號就非常喜歡，高興的說：「好！這個名號好！」

隨即下令四老猴：「馬上給我做一面『齊天大聖』的大旗，並且通知七十二洞妖王，從此都只許叫我齊天大聖，不准再叫我大王。」

消息傳到玉帝那兒，玉帝派托塔李天王和哪吒率領鉅靈神等天兵天將來討伐孫悟空，但都一一被悟空打得落花流水。悟空還大言不慚的吆喝道：「快回去向玉帝老頭兒報信，他若肯封我為齊天大聖也就罷了，否則我就殺到凌霄寶殿去，教他吃不好也睡不好！」

玉帝見悟空這麼囂張，氣得要命，本想立即再派其他更厲害的天兵天將來對付他，但太白金星又站出來說：「這個妖猴只知道信口胡說，再加上他畢竟本事高強，再派其他的天兵天將也未必能勝他，不如就依他的要求，封他為齊天大聖，把他安撫下來，別讓他再搗蛋就行了。」

玉帝想想也對，就再一次派太白金星來到花果山，告訴悟空，已經同意封他為「齊天大聖」，把悟空又哄回了天庭。

第六章 大鬧天宮

儘管玉帝曾親口對悟空說：「朕封你為齊天大聖，官居極品，以後不許再亂來了。」但實際上，「齊天大聖」畢竟是一個虛銜，沒什麼該負責的職務，所以悟空在天庭每天只管吃飽了睡，睡飽了吃，要不就是今天東遊，明天西逛，整天雲裡來、雲裡去，與滿天的各路神仙都稱兄道弟，日子倒也過得無拘無束，頗為稱心。

但是，這種現象卻令某些神仙相當憂慮。有一天，玉帝早朝，就有一位神仙向玉帝報告：「齊天大聖沒事幹，每天就是到處閒逛，到處交朋友，這樣下去，恐怕總有一天會鬧中生事，應該趕快找一件事兒來讓他管管。」

玉帝採納了這個建議，立刻把悟空宣上來，對他說：「朕怕你閒得發慌，特別委託你去管理那蟠桃園，你可得多費點兒心啊。」

悟空高高興興的立刻前往蟠桃園，先把土地叫出來，告訴土地，玉帝派他來管理蟠桃園，從現在開始，大家都得聽他的。

土地又趕緊把那一大堆負責鋤樹、運水、修桃、打掃的小仙叫過來，大家都向大聖磕頭。

「嗯，很好，很好！」悟空的心裡頗有幾分得意。

悟空緊接著認真的進行查勘，詢問土地：「這園裡總共有多少株蟠桃樹？」

土地回答：「一共有三千六百株，分成三區，每一區都是一千兩百株。前面那區每一株都是三千年才成熟一次，凡人若吃了就可以成仙；中間那區是六千年成熟一次，凡人若吃了就可以長生不老；後面那區則是九千年才成熟一次，凡人若吃了就會與天地同壽。」

悟空聽完土地的報告，認認真真的點明了蟠桃樹的數量，從此經常到蟠桃園裡來看看，果然不再到處閒晃了。

這天，悟空看到後面那一區蟠桃樹上好多仙桃都已經成熟了，很想嘗嘗看九千年才成熟一次的蟠桃到底是什麼滋味，就故意支開土地和小仙，脫掉衣服和帽子，爬到樹上，盡情吃了個飽。悟空吃上了癮，此後每隔幾天，就會偷吃一頓。

過了一陣子，有一天，王母娘娘要開蟠桃盛會，派了七個穿著不同顏色衣服的仙女到園裡來摘桃。七個仙女先在前面那區摘了兩籃，又在中間那區摘了三籃，來到後面那區卻一個熟的也摘不到，全是一些半生不熟的；因為熟的全讓悟空給吃啦！

七個仙女找了半天，勉強才找到一個差不多快要熟的。沒想到剛摘了桃，一鬆手，樹枝彈了起來，居然從空中掉下一個人來！原來是悟空吃飽了桃，變成一個小人，正躺在這樹枝上睡覺呢。

悟空火速從耳朵裡掏出金箍棒，晃一晃，變成一根結實的鐵棒，大喝道：「哪裡來的妖怪，居然敢來偷桃！」

七個仙女趕緊解釋，說她們不是妖怪，而是王母娘娘要開蟠桃盛會，特別吩咐她們來摘桃。

「蟠桃宴？奇怪，我怎麼沒有聽說？」悟空問：「王母娘娘都請

了哪些人？」

七個仙女說：「多了，反正天庭各宮各殿的各路神仙，幾乎全都邀請了。」

悟空笑著問：「有請我嗎？」仙女們說：「沒有——不過這是以前的舊習慣，也不知道今天怎麼樣？」

悟空說：「也對，那你們就先在這裡等著，我先去打聽打聽，看看有沒有請老孫。」

他念著口訣，使出一個定身法，仙女們頓時個個瞪大著眼，張大著嘴，動彈不得，呆呆的站在桃樹下。

悟空揚長而去，在往瑤池途中，碰到赤腳大仙，悟空有了一個主意，就先主動向前，若無其事的招呼著：「大仙要去哪裡啊？」

赤腳大仙說：「去瑤池赴蟠桃會啊！」

悟空說：「大仙您不知道，玉帝看老孫筋斗雲快，特地派老孫負責傳旨，請大仙們都先到通明殿去一下。」

大仙是一個光明正大的人，聽悟空這麼說，一點也沒有疑心，馬上就轉往通明殿去了。

悟空便變成赤腳大仙的模樣，來到瑤池，只見宴席已經準備好了，客人一個也還沒到，幾個造酒的仙官、運水的道人和燒火的童子都還在那兒忙碌。

悟空拔下幾根毫毛，丟進口中嚼碎，再噴出來，念聲咒語：「變！」立刻有一堆數也數不清的瞌睡蟲奔到那些仙官、道人和童子的臉上，才一眨眼的工夫，大夥兒就全都睡著了。

悟空便大模大樣的坐上席間，大吃大喝。喝得酩酊大醉時，忽然又有些擔心：「我把蟠桃會攪成這樣，待會兒等客人們來了，不是都要怪我？」

他心想，還是早點兒回到他的大聖府去吧！

然而他一路搖搖晃晃，醉眼迷茫，竟然走錯了路，來到了太上老君的兜率宮。

「來了就來了吧！」悟空心想：「反正我本來就一直想來探望太上老君。」

進了門，看了半天，別說太上老君了，這裡根本一個人也沒有。原來此時太上老君與燃燈古佛正在三層高閣上講道，眾仙童、仙將、仙官、仙吏都去聽講了。

悟空來到丹房，看到架上有五個葫蘆，裡頭裝滿著煉好的金丹。金丹是仙家的至寶，悟空把葫蘆裡的金丹統統倒出來吃了，就像是吃尋常的炒豆似的。

吃了金丹，酒也醒了，悟空暗暗想著：「糟了，這下可闖下大禍了，還是趁現在玉帝還沒發現的時候，趕快溜吧。」

於是，便使了一個隱身法，從西天門逃回了花果山。

花果山上的猴兒們和眾妖王見悟空回來了，都非常高興，馬上設宴為大聖接風。

席間，悟空喝了一口椰酒，嚷著不好喝。一隻老猴說：「大聖一定是在天宮吃慣了仙酒、仙餚，所以現在就覺得我們的椰酒不好喝了。」

悟空說：「我今天在瑤池看到還有好多仙酒，待我現在就再去偷它幾瓶回來，讓你們也都嘗嘗看，而且喝了之後，你們也都可以長生不老了。」

悟空出了水簾洞，只翻了一個筋斗，又使了隱身術，便直奔蟠桃會。只見那些被瞌睡蟲弄睡的小仙們一個個都還在呼呼大睡，鼾聲大作，客人也都還沒到，便在兩腋下挾了兩罈酒，兩手又各提一罈酒，撥轉雲頭回到花果山，在洞中開了一個「仙酒品嘗會」，大夥兒喝了個痛快。

第七章 捉拿大聖

七個仙女在桃樹下呆呆的站了很久，定身術才得以解脫，她們急急忙忙跑去向王母娘娘報告，王母娘娘氣急敗壞的跑去向玉帝告狀；還沒說完呢，造酒仙官神色驚慌的跑進來說：「不知道什麼人，攪亂了蟠桃會，還偷喝、偷拿了仙酒，偷吃了仙餚！」

不一會兒，太上老君也來了，「我為陛下即將舉行的丹元大會所煉的很多仙丹，不知道被誰全部偷吃光了！」

太上老君剛退下，赤腳大仙又進來，「齊天大聖不知道打的什麼主意，騙我說陛下叫我們到通明殿，害我空跑一趟！」

就在這時，大聖府裡的仙吏也來報告，說大聖突然失蹤了。

玉帝愈聽愈氣，大怒道：「不要再說了！一定是那猴子搗亂！」馬上命令托塔李天王率領十萬天兵殺到花果山，要捉拿孫悟空。

眾天兵天將來到花果山，即刻紮營，把花果山圍得水泄不通，還布下了十八架天羅地網，然後，托塔李天王派出九位天神——九曜星官先行出戰。

悟空正在洞內與眾妖王喝酒，一隻小猴慌慌張張的衝進來嚷嚷著：「大聖，不好了！外面來了九個凶神，說是天庭派來的天神，要來捉拿大聖！」

悟空根本不以為意，擺擺手說：「知道了，不管他們。」繼續狂飲不止。

小猴接二連三的跑來報告，悟空理都不理，直到另一隻小猴驚慌失措的跑來通報：「大聖！不得了啦！那九個凶神已經把門打破，馬上就要殺進來了！」悟空這才火了，生氣的說：「這批毛神，怎麼這麼沒有禮貌？我本來不想跟他們計較，他們居然這樣欺人太甚！」

悟空立即率著七十二洞妖王，準備披掛上陣。出了洞府，其中一個九曜星官指著悟空大罵道：「你這個不知死活的弼馬溫！先偷桃，後偷酒，攪亂了蟠桃大會，竊了老君仙丹，又將御酒偷來這裡私自享用，簡直是犯了十惡不赦的大罪！」

悟空卻笑著說：「不錯不錯，這些事都是我幹的，你們能把我怎麼樣？」

「我們奉了玉帝金旨，要來捉拿你這個潑猴！」

「哼！」悟空大怒道：「你們這些毛神，有什麼本事，敢說這樣的大話？」

九位天神一擁而上，一起動手，圍攻悟空。悟空沉著應戰，掄起金箍棒，左遮右擋，很快就把九曜星官打得落花流水，倉皇而逃，急忙回去向托塔李天王報告：「那猴王果然非常厲害，我們打不過他！」

李天王親自率領天兵天將出戰，雙方殺得天昏地暗。戰到傍晚，獨角鬼王與七十二洞妖王全被眾天神擒住，眾猴兒則都嚇得紛紛逃進水簾洞。

悟空見天色已晚，一時不能取勝，就拔下一把毫毛，丟在口中嚼

碎，再噴出去大叫一聲：「變！」隨即變出千百個大聖，手中都揮舞著金箍棒，總算暫時殺退了哪吒太子等天兵天將。

悟空進了洞內，安撫一番被嚇得六神無主的小猴們，並且特別吩咐大家，趕緊吃了東西去睡覺，準備明天再戰。

玉帝見捉拿悟空並不順利，頗為煩心，便請觀音菩薩出出主意，看看現在該派誰去？

觀音菩薩說：「派你的外甥二郎神去吧！」

二郎神領了聖旨，帶了一些天兵天將，以及隨時都跟在他身邊的哮天犬，來到花果山。

悟空得知眼前這個相貌清秀的天將是二郎神之後，便挖苦道：「我記得當年玉帝的妹妹思凡下界，配了一個凡夫，生了一個男孩，就是你吧？我如果要罵你，跟你無冤

無仇，要打你，又可惜了你的性命，我看你這孩子還是趕快回去，換其他的毛神來吧！」

二郎神一聽，心中大怒，馬上使出三尖兩刃刀劈面砍來，悟空趕緊舉起金箍棒架住。雙方大打出手，由於勢均力敵，大戰了三百回合，都不能分出勝負。

忽然，二郎神搖身一變，變得身高萬丈，兩隻手舉著三尖兩刃神鋒，好像華山頂上的山峰，對著悟空舉刀就砍；悟空也不甘示弱，馬上也變得像二郎神一樣高大，舉著如意金箍棒，就好像崑崙頂上的擎天之柱。

眼看兩個巨人對戰，猴兒們都嚇得魂飛魄散，四處奔逃，在混亂之中，被殺的、被抓的不計其數。

悟空看到小猴們敗逃，死傷慘重，無心戀戰，就把金箍棒變成一根繡花針，藏在耳朵裡，然後變成一隻麻雀，飛到樹上。二郎神及時發現，馬上變成一隻凶猛的老鷹，展翅就追，直撲麻雀；悟空趕緊鑽入水中，變成一條魚，二郎神也立刻變成一隻會抓魚的魚鷹，等在岸邊；悟空看水裡也危險，又變成一條水蛇，鑽進草叢，二郎神又變成一隻仙鶴，還是緊追不捨；悟空又急急忙忙變成一隻花鴇，站在水中沙洲上，這時，二郎神乾脆回復原形，一彈弓就打了過去！

悟空被打中之後，乘機一滾，滾下山坡，變成了一座土地廟；他張得大大的嘴變成廟門，牙齒變成門扇，舌頭變成菩薩，眼睛變成窗戶，只有尾巴不好變，情急之下就變成一根旗杆，立在廟後。悟空恨恨的想，只要二郎神一走進廟門，就要一口把他給活活咬死！

二郎神趕到山坡下，找不到方才打中的花鴇，只看到一座小廟，他睜著鳳眼定睛一看，忍不住大笑道：「這座破廟一定是那妖猴變的，天底下的廟宇，旗杆只有立在前面，哪有立在後面的？看我先搗毀你的窗子，再砸了你的門！」

悟空一聽，大驚失色，只好又變回原來的樣子，從耳朵裡掏出金箍棒，繼續和二郎神大戰。

天上的太上老君看兩人打了好久，打得難解難分，始終分不出勝負，便想暗中助二郎神一臂之力。老君從左臂取下水火不侵的「金剛套」，對準悟空就砸下來。

悟空正忙著與二郎神苦戰，根本沒防到上面會有人暗算，腦袋被「金剛套」打中之後，一陣踉蹌，重心不穩，就摔倒在地。

他才剛要爬起來，二郎神的哮天犬跳上來，一口狠狠的咬住了他的腿，緊接著，眾天神天將一擁而上，合力按住悟空，還用勾刀穿了悟空的琵琶骨，使他不能再變化。

悟空就這樣被綑得結結實實的，押回天庭去了。

第八章 收服大聖

李天王與二郎神把悟空押回天庭，玉帝判了悟空死罪，命人把悟空押上斬妖臺，綁在斬妖柱上。然而，天兵天將們忙了半天，試過很多方法，悟空不怕槍傷、不怕刀砍、不怕火燒、不怕雷劈，不管什麼方法都傷不了他半根毫毛。

太上老君對玉帝說：「這妖猴吃了蟠桃，飲了御酒，又盜了我的仙丹，所以現在煉成金鋼不壞之身，什麼都傷不了他。不如讓我把他帶走，放在八卦爐中，以文武火鍛煉，等到煉出我的丹來，他自然也就會被燒成灰燼了。」

玉帝聽了，馬上叫人把悟空從斬妖柱上解下來，交給太上老君。老君把悟空帶回兜率宮，推入八卦爐中，命仙童點起火，一燒就是七七四十九天。

悟空在爐中，看到火勢有強有弱，就趕緊鑽進一個火煉不到的地方藏起來。不過，這裡是通風口，每天濃煙滾滾，這樣四十九天下來，悟空的雙眼都被熏得通紅，煉成了火眼金睛。

四十九天一到，太上老君見煉丹的時辰屆滿，火候已到，滿以為悟空早已化為灰燼，哪曉得才剛一打開爐門，悟空立刻火速蹦了出來，一腳踢倒八卦爐，把爐邊的太上老君和小仙們一股腦兒的全部撞翻，然後從耳朵裡取出金箍棒，迎風一晃，晃成碗口般粗細，一陣亂打，無神可擋，一路就打到了通明殿裡，凌霄殿外。

為了保護玉帝，天神玉靈官勉強持鞭纏住悟空，又急急調來三十六位威猛的雷神，把悟空困在中心。

悟空就搖身一變，變成三頭六臂，緊接著把金箍棒晃一晃，變成三根，就這麼六隻手揮舞著三根金箍棒，活像個紡車似的，厲害得不得了，雷神們沒有一個能靠近他。

玉帝見悟空比以前更厲害，又聽到悟空一直叫囂著要自己退位，急忙派人去向如來佛祖求救。

如來佛祖來到天宮，看到天宮被悟空攪得亂七八糟，便笑著對悟空說：「我是西方極樂世界的釋迦牟尼尊者，南無阿彌陀佛。告訴我，你是什麼出身，有多大的本事，居然敢在這裡胡鬧？」

悟空便得意洋洋的把自己的出身和本事都說了一下，不料如來佛祖聽了，只是冷笑道：「聽你這麼說來也只不過是一個猴子精，卻這麼不自量力的想來爭奪玉帝的龍位。玉帝自幼苦修，修練了一千七百五十劫，每一劫是十二萬九千六百年，你算算他修了多少年才有資格坐在這龍位上？」

悟空不服氣的說：「就算他自幼苦修，也不應該長期霸占這個位置，俗話說『皇帝輪流做，明年到我家』，只要他把天宮讓給我，我就算了，否則我一定讓他永不太平！」

「你除了會長生不老，還有多大的本事，也想強占天宮？」

「哼！我的本事可多了！我除了會長生不老，還會七十二變，筋斗雲更是一翻就十萬八千里，我當然有資格叫玉帝把位子讓給我！」

「好，」如來佛祖說：「那我們現在就來打一個賭，只要你能一筋斗翻出我這右手手掌就算你贏，我就要玉帝把天宮讓給你，否則你就去下界乖乖修練修練！」

悟空一聽，心想：「這傢伙實在好呆！我老孫一筋斗就能翻十萬八千里，他那手掌心只不過像荷葉一般大小，我怎麼可能會翻不出去？」

當下立刻同意了這場打賭，於是抖擻精神，縱身一躍，站在佛祖的手掌心，大叫一聲：「我去了！」就一個筋斗翻了出去。

風聲在悟空的耳際呼呼吹過，也不知道走了多久，走了多遠，忽然看到天際有五根肉紅柱子，柱子上還有一股青氣。

悟空高興的想：「我一定是來到世界盡頭了，太好了！等我回去，凌霄殿的寶座就該輪我坐了！」

轉念又想：「等一下，我應該在這裡留下一點記號，免得待會兒如來那傢伙賴帳，說話不算話。」他拔下一根毫毛，吹口仙氣，叫了一聲：「變！」就變成一根蘸飽濃墨的雙毫筆，在那中間的柱子上寫上一行大字——「齊天大聖，到此一遊」。

寫完，收了毫毛，還惡作劇的在第一根柱子下面撒了一泡猴尿，然後才翻轉筋斗雲，回到原來的地方，神氣兮兮的對佛祖說：「好了，我回來了，你趕快叫玉帝把天宮讓給我吧！」

如來佛祖罵道：「你這隻不講衛生的臭猴子！你以為你去哪裡了？你哪裡也沒去！你根本從頭到尾就沒翻出我的手掌心！」

悟空當然不信，「怎麼可能？我都已經來到天際，看到五根肉紅柱子，我還在那裡做了記號哩！你敢不敢跟我一起去看？」

「不用去，你只要低頭看一看就知道了。」

悟空睜圓了火眼金睛，低頭一看，赫然發現，佛祖右手中指上寫著「齊天大聖，到此一遊」，而佛祖的指頭縫裡，還有一股猴尿的騷味哩！

悟空大吃一驚，大嚷道：「怎麼可能？怎麼可能？不可能！不可能！我再去看看！」

他急急縱身想跳出去，卻被如來佛祖翻掌一撲，轉眼就被推出了西天門外。佛祖還把五指化作金、木、水、火、土五座聯山，叫做「五行山」，壓住了悟空。

悟空拚命掙扎，終於把腦袋伸了出來。佛祖又寫了一張帖子，上面有「唵、嘛、呢、叭、咪、吽」幾個金字，叫人貼在五行山的山頂上，這麼一來，悟空才算是牢牢的被五行山給壓住了。

後來，佛祖又動了惻隱之心，就派人監押著悟空，並且吩咐他們，如果悟空渴了就給他喝銅汁，餓了就給他吃鐵丸，等他罪滿，自然就會有人來救他。

悟空就這樣被壓在五行山下，整整壓了五百年。

貳

浩浩蕩蕩的取經隊伍

唐三藏與他的三個徒弟

第九章 取經人

五百年後，到了唐太宗李世民貞觀年間。

在大相國寺完工的時候，太宗命人出榜招僧，說要修建水陸大會，超渡地府許許多多的孤魂野鬼。天下各州府都紛紛推薦高僧來到長安，一時之間，長安高僧雲集。太宗與大臣們一起挑選，選出一位最有德行、也最有學問的高僧，要他到化生寺去講經說法；這位高僧，俗姓陳，自幼為僧，法名玄奘。

另一方面，西天如來見東方罪孽深重，想把大乘佛法三藏真經傳到東土，便要觀音菩薩到東土大唐去選一位取經人，然後讓這個取經人歷盡千辛萬苦，到西方極樂世界去取真經。

觀音領了佛旨，帶著大徒弟惠岸，駕著祥雲直奔東土。

經過三千弱水流沙河時，水中冒出一個妖怪，本來想攔住去路，一認出原來是菩薩，立刻慌慌張張扔了寶杖拜倒在地上求饒。

妖怪說，他本來是天上的捲簾大將，因為有一次在蟠桃宴上不小心打碎了琉璃盞，才被玉帝貶下凡間，變成妖怪，從此就住在這流沙河裡，每隔幾天就上岸吃人。

觀音菩薩就勸這妖怪改過向善，還為他摩頂受戒，以「沙」為姓，法名「沙悟淨」，要他日後護送取經人上西天。

離開流沙河，觀音菩薩和惠岸繼續東行。這天，途經一座高山，忽然跳出一個豬精攔路。

豬精也一眼就認出菩薩，而且也立刻扔了九齒釘耙，跪倒在地。豬精說，他本來是天上主管天河的天蓬元帥，有一次酒後失態，對嫦娥不禮貌，被玉帝貶下凡間，結果又錯投到母豬的肚子裡，弄成這副模樣，便以「豬」為姓，也是以吃人為生。

觀音菩薩也勸豬精改過向善，並同樣為他摩頂受戒，取名「豬悟能」，也要他日後護送取經人到西天取經。

又過了幾天，一條吊在半空中的白玉龍，大聲呼喊菩薩救命。

觀音菩薩上前一問，白玉龍說，他本來是西海龍王之子，因為不小心失火燒了殿上明珠，父親一氣之下到玉帝那裡去告狀，玉帝便把他吊在這裡，明天就要處斬了。

觀音菩薩聽了，對白玉龍的遭遇頗為同情，就向玉帝求情，讓白玉龍去了頭上的角和身上的鱗片，日後變成一匹馬，馱著取經人到西天。

不久，觀音菩薩與惠岸來到兩界山。兩界山其實就是五百年前的「五行山」，現在因為成為大唐與西域的國界，所以叫做兩界山。觀音菩薩剛來到山頂，就聽到有人大叫：「菩薩救我！」下山一看，原來山下壓著當年大鬧天宮的齊天大聖。

菩薩對悟空說：「別急，你師父很快就會來救你，到時只要他把山頂那張帖撕下來，你就可以出來了。」

菩薩並且告訴悟空，他的師父會是一個取經人，要他跟在師父身邊，一路保護師父到西天去取經，等到任務圓滿達成，他也就可以修成正果。

觀音菩薩與惠岸終於來到東土大唐，找了好幾天，也沒找到一個理想的取經人。這天，聽說太宗在化生寺設水陸大會，請玄奘法師講經，便決定去聽聽看。

觀音菩薩與惠岸變成兩個髒兮兮、臭氣薰天，滿身疥瘡的和尚，來到水陸大會的會場。

菩薩一看到玄奘，馬上就認出他是「金蟬長老」轉世，本是十世修行的童子，知道玄奘就是自己尋找多時的最理想的取經人，於是便故意大叫道：「喂！你講了半天都是小乘教法，怎麼不講講大乘教法？」

玄奘客客氣氣的說：「對不起，我們只會講這個，不知道什麼是大乘教法？」

「小乘教法沒有辦法超渡亡魂，只有大乘教法三藏，才能超渡亡者升天！」

當玄奘正在虛心的洗耳恭聽的時候，太宗接到報告，說有兩個臭和尚鬧場，攪了盛會。太宗很生氣，便命人去把那兩個臭和尚抓來。「臭和尚」一現出真相，大家這才驚覺原來竟然是觀音師徒！

觀音便告訴太宗，要玄奘去西天取大乘真經，還送給玄奘一件錦襴袈裟和一支九環錫杖；這兩樣東西都是觀音特別從西天帶來要送給取經人的。

太宗與百官、眾僧虔誠的頂禮膜拜，已完成佛祖交代的「尋找取經人」任務的觀音菩薩，這才與惠岸一起踩著祥雲，冉冉升天。

太宗立即與玄奘拜了四拜，結為兄弟，表示第二天就是吉日，他將發下「通關文牒」（類似於今天的護照），親送御弟聖僧西行。

玄奘回到洪福寺後，許多弟子都紛紛憂心忡忡的前來勸阻，說前往西天的路上不僅荒涼，有很多毒蛇猛獸，更可怕的是，還有很多的妖魔鬼怪，實在是太危險了，希望玄奘能夠打消去西天取經的念頭。

玄奘卻非常堅定的說：「就算路上有再多的危險和困難，要吃再多的苦，我都要去，而且一定要把大乘真經給帶回來！」

第二天，太宗與文武百官和眾僧，把玄奘送出了長安西門。太宗還賜玄奘一個紫金缽盂，讓他在路上化齋。玄奘本來沒有「號」，也是太宗在臨行前對他說：「御弟去取三藏真經，不妨就指經為號，叫做『三藏』。」所以玄奘此後又叫「唐三藏」。

最後，太宗問唐三藏：「賢弟大約什麼時候可以回來？」

唐三藏說：「大約三年。」

唐太宗說：「俗話說『寧戀本鄉一捻土，莫愛他鄉萬兩金』。望賢弟早去早回。」

唐三藏謝過了太宗，就這樣帶著兩個小徒弟出關西行，踏上艱辛的旅途。

這一天，是太宗貞觀十三年九月十二日。

第十章 師徒見面

唐三藏帶著兩個小徒弟走了一、兩天，來到一座法門寺，寺中長老與眾僧在熱情接待唐三藏之餘，也都好心勸三藏別去西天取經，因為一路上的妖魔鬼怪實在是太多太多了。

三藏說：「魔由心生。我不怕，我已立下大願，一定要到西天，見到我佛如來，取回真經，保大唐江山永固。」眾僧都大受感動，大表佩服。

隔天早上，眾僧送三藏師徒三人出了山門。三人一路西行，走了好幾天，來到河州衛。這裡已是大唐和西域的邊界，已經相當荒涼。

走了幾十里之後，山路愈來愈崎嶇，三人的心裡都很害怕，一不小心，連人帶馬都跌到了山溝裡，幾個妖怪衝出來，把他們帶回「寅將軍」的洞穴。

寅將軍和他的手下把那兩個小徒弟當成大餐般的吃了，三藏則先被綑著。三藏嚇得半死，正覺得自己八成也死定了的時候，太白金星悄悄來到洞穴，放了他，還告訴他所謂「寅將軍」其實是一個虎精。

沒了徒弟，唐僧獨自騎馬西行，走了大半天，一個人影兒也沒有，好不容易才碰到一個大漢。大漢說他叫劉伯欽，綽號「鎮山太歲」。

劉伯欽說：「這山上的野獸都怕我，你既然是從大唐來的，看在咱們都是大唐百姓的分上，歡迎你今天晚上在我家休息一晚，明天我再送你一程。」

兩人剛轉過山坡，一隻猛虎迎面撲來。劉伯欽一點也不怕，立即持叉與猛虎搏鬥，鬥了一個多時辰，終於把老虎刺死。當天晚上，劉伯欽本想拿這隻猛虎來款待唐僧，但唐僧說他一生下來就吃素，從來不敢動葷。

第二天，劉伯欽一家留唐僧吃了早齋之後，劉伯欽帶著獵叉和弓箭，送唐僧啟程，走了半天，看到前面有一座高山。

劉伯欽說：「這座山叫做兩界山，過了山，就不是大唐的地界，山那邊的野獸也不服我管，我只能送你到這裡了。」

唐僧辭別了劉伯欽，獨自往兩界山前進。走了好一會兒，忽然聽

到有人大叫：「師父來了！師父來了！」

唐僧十分困惑，那聲音又叫：「在這裡！在這裡！師父快來！師父快來啊！」

唐僧鼓起勇氣循聲來到山下，看到一個猴頭露在外面，還伸著兩手亂揮，直嚷嚷著：「師父，你怎麼到現在才來？快救我出來，我護送你去西天取經。」

唐僧問：「你是誰？為什麼會被壓在這裡？」

「我是齊天大聖，五百年前因為大鬧天宮被佛祖壓在這裡，不久前觀音菩薩到東土去找取經人，經過這裡時，讓我皈依佛法，並且要我保護取經人到西天，所以我日日夜夜都盼望著你趕快來，師父，快放我出來吧！」

「我怎麼放你？」

「這山上有一張如來佛祖的帖子，你只要把它撕下來，我就可以出來了。」

唐僧按照悟空所說，撕下山頂那張帖子，「好了，你出來吧！」

悟空說：「你先離遠些，我再出來，免得傷了師父。」

唐僧往後退了六、七里，悟空還在叫：「再遠些，再遠些。」

又退了好些路，只聽到天崩地裂一聲巨響，悟空轉眼就已跪在唐僧面前，恭恭敬敬的拜了四拜。

「徒弟，你姓什麼？」

「姓孫。」

「我給你起個法名吧！」

「我有法名，叫做孫悟空。」

「那我就再給你起個混名，叫行者。」

所以從此孫悟空又叫做孫行者。

悟空扶唐僧上馬，背著行李，繼續上路。

剛過兩界山，忽然有一隻猛虎怒吼著撲了過來，唐僧嚇得差點兒從馬上跌下來。悟空說：「師父別怕，這是給我送衣服來的。」說著，就從耳朵裡取出金箍棒，邁著大步迎上前去。

那老虎見了他，竟嚇得趴在地上，動都不敢動一下。悟空一棒就把老虎給打死了。唐僧不由得心想，這徒兒好厲害，昨天伯欽打虎還費了一番工夫，今天這老虎卻乖乖的讓他打。悟空收了棒，拔根毫毛，變成一把尖刀，把虎皮剝下來，當成了衣裳。

唐僧好奇的問：「你剛才的棒子呢？」

悟空說：「那原是大禹的鎮海神鐵，又叫做『如意金箍棒』，要大就大，要小就小，我把它變成繡花針藏在耳朵裡了。」

唐僧又問：「那老虎見了你，為什麼不敢動？」

「別說老虎，就是龍，見了我也會怕哩！因為我能降龍伏虎，又會七十二變化，師父，我的本事可大著呢！」言下之意，頗有幾分得意。

第二天，他們在山路上碰到六個攔路打劫的強盜，悟空掄起金箍棒輕輕一揮，就把六個強盜全部打死了。

唐僧看悟空打死了人，很不高興，就教訓他說：「出家人要有慈悲之心，你怎麼這樣隨便就打死人？」

悟空說：「咦？我如果不打死他們，他們就要打死你哩！」

唐僧說：「就算打死我，也只死我一個，你卻打死他們六個，何況就算把他們抓到官府，他們也不會落到一個死罪，你這樣行凶，根本去不了西天，做不了和尚。」

悟空看才打死幾個強盜，師父就囉嗦個沒完，也很火大，賭氣的說：「既然你說我做不了和尚，那我就走了！」話才剛說完，頓時就消失得無影無蹤。

唐僧嘆了一口氣，心想大概自己命中注定不可能有徒弟，只好獨自西行。

走了一會兒，碰到一個老婆婆，老婆婆和唐僧閒聊了一會兒，拿了一頂花帽和一件棉布衣給唐僧，對唐僧說：「不要著急，你徒弟一會兒就會回來的，等他回來後，你讓他穿戴這套衣帽，然後念咒，他就不敢不聽話了。」

唐僧問道：「什麼咒？」

老婆婆說：「是一篇真言，叫做『定心真言』，又叫『緊箍咒』。」

唐僧剛謝過老婆婆，老婆婆就化作一道金光，不見了。唐僧立刻明白，一定是菩薩顯聖，心中大喜，趕緊坐在路邊把咒語記得滾瓜爛熟。

不久，悟空果然又回來了，「師父怎麼坐在這裡？」

唐僧說：「你到哪裡去了？害我不敢亂走。」

悟空說：「我去找東海龍王聊天去了。」

唐僧不信，悟空說自己的筋斗雲一翻就是十萬八千里；悟空沒說還是那東海龍王勸他回來的哩！否則他永遠也只是一個妖仙，難成正果。

唐僧讓悟空穿戴好衣帽，開始念起緊箍咒，那帽子立刻變成一個鐵箍，緊緊勒住悟空的腦袋，悟空大嚷著頭疼，而且還疼得在地上直打滾，唐僧稍一停止不念，悟空的頭馬上就不疼了。

悟空恍然大悟，發覺上當，氣得舉棒要打唐僧，唐僧趕緊再念咒，悟空疼得死去活來，連金箍棒也拿不住，只得哀哀求饒道：「師父，求求你，別念了，我知道了。」

可憐他的腦袋被那個鐵箍勒得都變形了。

唐僧問：「你居然想打我？」

悟空說：「不敢不敢，這咒語是誰教你的？」

「是一個老婆婆。」

悟空說：「不用說了，那肯定是南海觀音。」

他也不敢妄想去找觀音菩薩算帳，因為那鐵箍已牢牢卡在他的腦袋上取不下來，而既然那咒語是菩薩教給唐三藏的，菩薩自己當然也會念。

悟空只好死心塌地的收拾好馬匹行李，再度扶唐僧上馬，向取經之路邁進。

第十一章 小龍馬

唐三藏和孫悟空走了幾天，天氣已愈來愈冷，而且路滑難行。

這天，兩人來到一座地勢險峻的山上，忽然聽見嘩啦啦啦，陣陣水聲。

唐三藏覺得很奇怪，「這裡怎麼會有水聲？」

悟空說：「這座山叫做蛇盤山，前面有一條鷹愁澗，一定是澗裡的水響。」

不久，他們來到鷹愁澗，才剛走到澗邊，想掬一點澗水解渴，突然有一條龍出其不意的從水裡鑽了出來，直撲唐僧。悟空趕緊抱起唐僧及時躲開，但還來不及回去搶救馬兒，就眼睜睜的看著馬兒被那龍一口給吞了。

「我的馬呀！完了！完了！」唐僧哀號道：「沒有馬，前面的萬水千山，教我怎麼辦？怎麼走啊！」

說著，竟流下淚來。悟空看了，十分心煩，「師父，不要哭，你先坐在這裡，我去找那妖怪，叫他賠我們的馬！」

「不不不！徒兒，你要到哪裡去找那妖怪？」唐僧害怕的扯住悟空，「萬一你一走，那妖怪又乘機竄出來把我給吃了，那可怎麼辦！」

悟空一聽，更為光火，不耐的喊道：「哎呀！師父，你好麻煩！

又要馬騎，又不讓我去，那乾脆咱們倆就坐在這裡，看著行李看到老吧！」

這時，空中忽然傳來一個聲音：「大聖不要生氣，唐御弟不要哭，我們是觀音菩薩派來暗中保護取經者的。」

原來是好幾位一路上暗中相隨的神仙。

「那好，你們就在這裡保護我師父吧。」

悟空提著金箍棒，來到澗邊，朝水裡大聲叫罵：「潑泥鰍，還我的馬來！」

那龍吞了馬，正躺在澗底休息消化，聽到悟空叫罵，也很生氣，竄出水面就跟悟空對打，但打了一陣，發覺悟空難纏，打不過，就又鑽回水底藏起來，儘管悟空罵聲不絕，他也像耳朵聾了似的，來一個相應不理。

悟空轉身向唐僧報告，說那妖怪藏在水底，不肯出來交戰。唐僧說：「前幾天你還說有降龍伏虎的本事，怎麼今天就降不了他？」

悟空一聽，覺得師父是在挖苦他，又氣又惱，便又來到澗邊，使出翻江攪海的神通，把鷹愁澗原來清澈的澗水，攪得像黃河那般的混濁。

那龍在澗底坐立難安，只好跳出來，瞪著悟空大罵道：「你是哪裡的潑魔，居然這樣欺負我？」

悟空說：「你別管我哪裡不哪裡，只要你還了我的馬，我就饒你一命！」

「馬都吃了，怎麼吐得出來？如果不還你，你要怎麼樣？」

「不還馬就看棍！我就打死你，給我的馬償命！」

兩人大打出手，但打不了幾回合，那龍看實在打不過悟空，就變成一條水蛇，鑽進密密的草叢裡，悟空怎麼找都找不到。

悟空急得要命，只好把山神揪出來，問這妖龍到底是什麼來歷，山神說：「只要把觀音菩薩請來，就可以收服這條龍。」

於是悟空告訴唐僧，說要去南海請觀音菩薩來幫忙。可是唐僧不肯讓悟空走，一直可憐兮兮的說：「你走了，我怎麼辦啊？」弄得悟空進退兩難。

幸好方才那些暗中保護唐僧的神仙中，有一個自告奮勇立刻去為悟空把菩薩請來。

悟空一見到菩薩，先忙著抱怨菩薩不該教唐僧哄他戴上這緊箍咒，又教唐僧念咒，讓他頭疼。

觀音罵道：「你這個大膽的潑猴，我好心好意讓取經人救你，帶你一起去西天，你卻不聽管教，不這樣你怎麼肯乖乖聽話？又怎麼肯入我佛門？」

「好吧，這就算了，」悟空說：「那你又為什麼要讓那妖怪吃了我師父的馬？」

菩薩來到鷹愁澗邊，叫了一聲：「龍王三太子，取經人來了，趕快出來！」

菩薩這一叫，那龍果然就出來了，變成人形，向菩薩禮拜，恭恭敬敬的問：「取經人在哪裡？我已經等候多時了。」

菩薩指指悟空，「這不就是取經人的大徒弟？」

「怎麼可能！」小龍叫道：「這人是我的死對頭啊！他根本沒提過『取經』這兩個字！」

悟空說：「你又沒有問我姓什麼、叫什麼，我怎麼提？」

「可是我明明問過你是哪裡的潑魔，你說別管什麼哪裡不哪裡，只一個勁兒的叫我還馬！」

菩薩又指責悟空：「你這個猴子，就知道逞強，你如果早說，不就沒事了嗎？再往前去，還會有人皈依，你記得只要一提取經的事，自然就可以收服。」

接著，觀音菩薩摘了小龍頸項下的明珠，用楊柳枝蘸上甘露，往他身上一拂，叫聲：「變！」小龍就變成一匹漂亮的駿馬，比原先那匹馬還要肥壯。

菩薩看到自己任務完成，正要離去，悟空扯住菩薩不放說：「去西天的路這麼崎嶇多險，這和尚又這麼麻煩，動不動就哭哭啼啼，我不想去了。」

菩薩答應他，「這樣吧！往後若遇到十分危急的時候，你只要叫『天靈靈，地靈靈』，我就會親自救你。」

菩薩還摘下三片楊柳葉，變成三根「救命毫毛」，告訴悟空，碰到危難也可用來隨機應變。

菩薩走後，悟空牽著馬去見唐僧，唐僧就騎著這匹由小龍變成的馬，繼續邁向取經之路。

第十二章　高老莊收豬八戒

這天，三藏和悟空來到一個叫做高老莊的地方。剛進村子，就遇到一個少年，行色匆匆，還一副很煩惱的樣子，悟空拉住他問路，並且問他是不是有什麼麻煩事。

少年說：「我們家老爺三年前招了一個女婿，哪曉得那傢伙居然是一個妖怪，老爺叫我去請法師來捉妖，一連請了幾個，都不是那妖怪的對手，老爺罵我不會辦事，現在叫我再去找一個真正厲害的法師回來，我真不知道該上哪兒去找！」

悟空笑著說：「算你運氣好，我們最會捉妖了，快帶我們去見你們家老爺吧！」

少年把三藏師徒領回去，剛進門，老員外就對著少年大罵：「叫你趕快去請法師，你怎麼這麼偷懶，到現在還沒去？」

少年趕緊解釋道：「不是的，我才剛要走出村子，就碰到兩個和尚，說是東土大唐來的高僧和他徒弟，正往西天去取經，那徒弟說他最會捉妖，要我帶他們來。」

老員外聽了，這才有些高興，「既然是遠來的和尚，也許真有些本事，快請他們進來！」

但是，一看到悟空，老員外嚇了一跳，轉身又罵少年：「你這個笨蛋奴才！家裡有一個醜八怪妖精已經夠煩人了，你怎麼又請個毛臉雷公回來嚇我？」

悟空說：「老先生，虧你活了這麼一大把年紀，怎麼還這麼不懂事呢？我老孫醜是醜，可就是有本事，等我抓住那妖怪，還你女兒，你就不會這麼以貌取人了。」

老員外被說得啞口無言，只好戰戰兢兢將他們請進家門。剛坐定，悟空問道：「請問府上有幾個妖怪？」

老員外說：「一個就受不了了，還要有幾個？」

悟空說：「你把妖怪的來歷說說，我捉拿妖怪的時候心裡比較有數。」

「三年前，我給女兒招了一個女婿，他自稱是福陵山人氏，姓豬，沒有家人，無牽無掛，所以情願招贅到我家來。剛開始的時候其實也還好，他做事勤勤懇懇，人也挺能幹，耕田耙地不用牛具，收割莊稼不用刀具，每天早出晚歸，倒也不錯，只是後來不知道怎麼搞的，他的相貌就慢慢變了。」

「怎麼變？」

「他本來是一個黑黑胖胖的大漢，模樣也還說得過去，可是後來就慢慢變成長嘴大耳，一副野豬的模樣，好嚇人！他的食量也像豬那麼大，一頓飯要吃三、五斗米，光是早餐也要上百個燒餅才夠……」

這時，唐僧在旁聽了，忍不住說：「這可能是因為他能做事，所以才吃得多啊！」

老員外說：「是，吃還是小事，後來他又會招風，每次都是雲裡來、霧裡去，飛沙走石弄得左右鄰居都惶惶不安，大家都說我家招了一個妖怪女婿，都不跟我們來往了，而那妖怪還愈來愈不像話，竟把小女關在後院的房子裡，一年半載都不許我們見面，我們恨透了他，所以才要請法師來捉妖。」

悟空要老員外領著自己到後院，先救出了員外的女兒，再使個神通，變成員外千金的模樣，坐在房內等妖怪。

到了晚上，一陣狂風颳來，那長嘴大耳的妖怪果然來了。悟空裝病，三言兩語，套出了妖怪的來歷，原來是天上的天蓬元帥。

悟空說：「聽說我爹又請了法師要來抓你呢！」

妖怪說：「不怕不怕，什麼法師我都不怕。」

「聽說他這回請的是五百年前大鬧天宮的齊天大聖呢！」

妖怪一聽，忽然害怕起來，「這麼說，我得走了，那個鬧天宮的弼馬溫，確實是有本事，我恐怕打不過他，咱們夫妻是做不成了。」

妖怪正想往外走，悟空一把扯住他，把臉一抹，喝斥道：「妖怪，看看我是誰？」頓時恢復了本相。

妖怪大吃一驚，掙破衣服，化成一陣風轉身就逃，悟空緊追在後，一直追到一座高山裡的山洞。妖怪躲進山洞，

不管悟空如何叫陣，就是不肯出來應戰。

悟空怕師父著急，先回到高老莊，向大家說了妖怪的來歷，說他本是天上的神仙，到了員外家又像個長工般努力幹活，又不是白吃員外家，勸老員外就留下他吧。

可是老員外說，消息早就傳開，說他家招了一個妖精女婿，名聲實在不好聽，執意要除妖。三藏就對悟空說：「你還是就好人做到底，把他拿下吧。」

悟空於是又一筋斗來到福陵山，一棒把洞門打破，逼著妖怪出來作戰。

兩人交手了一會兒，妖怪漸漸不敵，怒罵道：「我記得你家住在花果山水簾洞，被佛祖壓在五行山下，你跑到這裡來幹什麼？」

悟空說：「我早就改邪歸正啦！保大唐御弟三藏法師上西天取經，路過高老莊，你丈人叫我救他女兒，抓住你這個呆子！」

沒想到那妖怪一聽，馬上丟了武器九齒釘耙說：「那取經人在哪裡？麻煩幫我引見引見，觀音菩薩勸我保他取經，說可將功折罪，還為我受了戒，起了法名，叫做豬悟能，我已經等他很久了！」

後來，唐僧果真收下豬悟能做徒弟，並為他取了一個混名，叫「豬八戒」。

於是，悟空收拾好行李，現在輪到豬八戒挑了，然後再扶唐三藏上了馬，師徒三人離開高老莊，向西行去。

臨走前，豬八戒還對老員外說：「我做和尚去了，請您好好照顧我的妻子，要是取不成經，我還回來給您當女婿。」

悟空大罵道：「胡說八道，行李挑好，快走吧！」

第十三章 流沙河收沙和尚

盛夏已過，轉眼就到了秋天。這天，唐三藏師徒三人走著走著，看到前面一道大水擋住去路。

悟空跳到空中一看，只見河面寬闊，無邊無際。唐僧兜轉馬頭，發現岸邊有一塊石碑，上面寫著「流沙河」，碑上還有四行楷書：「八百流沙界，三千弱水深，鵝毛漂不起，蘆花定底沉。」

大家一看，才知道這河水有多險惡，居然連像鵝毛那麼輕的東西在河面上都漂不起來，難怪一眼望過去連一艘船都看不到。

悟空正在看碑文，忽然聽到一陣嘩啦嘩啦巨大的水聲，轉頭一看，河裡突然冒起陣陣像山一樣高的巨浪，一波一波朝他們湧過來！緊接著波浪之中跳出一個又凶又醜的妖怪，直奔唐僧！

悟空心裡一驚，趕快抱住師父，跳到高處。八戒也趕緊扔了行李，掄起九齒釘耙就跟那妖怪對戰。

那妖怪的武器是一根寶杖，與八戒大戰二十回合，分不出勝負。悟空看了，要唐僧在高處坐好，舉起金箍棒就飛來助戰。那妖怪躲過悟空攻勢凌厲的一棒之後，一頭鑽進了水裡。

八戒懊惱的直跺腳，抱怨道：「你來湊什麼熱鬧啊？否則再三、五個回合，我就可以拿下他了。」

悟空說：「師弟，別急，咱們想個辦法合力抓住這妖怪，叫他送師父過河。這樣吧，你到水裡去引他出來，我再助你，因為我雖然能夠下水，卻得念避水咒，否則就得變成魚蝦之類，打不成仗。」

於是，八戒就拿出當年當天河總管的威風，脫了衣服跳下水，分開水路，直奔水底，去找那妖怪。

那妖怪敗陣回來，正在喘息，忽然聽到水響，抬頭一看，看到八戒使耙推水。而來，馬上舉杖大叫：「臭和尚，哪裡走？」

八戒也叫道：「你是什麼妖魔，敢在這裡擋路？」

妖怪說：「我也不是沒名沒姓，我本來是天宮的捲簾大將，因為不小心犯了天條才被打下凡間受苦，今天你既然跑到我家來撒野，看我不宰了你，將就將就把你那身粗肉拿來做肉醬！」

八戒一聽大怒道：「你這個傢伙真是瞎了狗眼！我老豬明明嫩得可以掐出水來，你倒還嫌我老！吃我一耙！」

兩人在水中大戰起來，但八戒按照悟空先前的叮囑，不敢戀戰，虛晃一招之後就詐敗往岸上逃去，那妖怪果然緊追在後，才剛追到岸邊，悟空就情急的跳到河邊，舉棒就打，那妖怪一看情況對他不利，馬上又一頭鑽進水裡。

八戒急著嚷嚷道：「唉，你這個弼馬溫，到底是個急猴子，你如果別那麼性急，等我把他引到高處再跳出來，他就逃不了了。」

天色已晚，師徒三人只好先在山崖下坐一夜，悟空一筋斗翻出去，不一會兒就化了一鉢齋飯回來，請唐僧吃。

「有了！」唐僧高興的說：「我想到一個好辦法，我們不妨就問問送我們齋飯的這個人家，看看應該怎麼過河。」

悟空說：「這戶人家遠得很哩，離這裡起碼有六、七千里，他們怎麼知道該如何過這流沙河？」

八戒不信，「師兄真愛吹牛，六、七千里路，你怎麼能這麼快就來回一趟？」

「那是因為老孫一筋斗就能翻十萬八千里，幾千里路不過是點上兩次頭，再一彎腰，就到了。」

八戒說：「既然如此，你幹麼不直接馱著師父飛過河就好了？」

悟空說：「你不是也會駕雲，你也可以馱師父過去啊。」

「師父骨肉凡胎，重如泰山，我駕的雲怎麼馱得動？」

「你馱不動，我就馱得動了？筋斗雲畢竟還是雲啊！」

悟空正色說道：「要知道，如果能夠運用法術讓師父過河，事情就簡單了，可是師父要取得真經，必須歷經千辛萬苦，我們只能保他性命，不能取代他的苦惱，否則容易得到的東西，就不會顯得那麼珍貴了。」

第二天，八戒又下水挑戰，想把妖怪引出水面，但是現在妖怪已經識破他們倆的詭計，不管八戒如何叫罵，他硬是躲在水裡，說不出來就不出來。

悟空只好另外想辦法；他叫八戒守好憂慮害怕得眼淚汪汪的師

父，他則一個筋斗翻到南海去向觀音菩薩求救。

菩薩聽了悟空的報告，頗為不滿的批評道：「看看你這個猴子，又胡亂逞強，為什麼不趕快說出取經的事呢？只要你一說，那妖怪自然就不會作怪。」

菩薩拿出一個紅葫蘆，交給大徒弟惠岸，要惠岸跟著悟空一起去幫忙。

惠岸來到流沙河，叫了一聲：「悟淨！」那妖怪果然就十分乖順的出來了。「悟淨」本來就是菩薩替這妖怪取的名字。

惠岸帶著悟淨去見唐僧，悟淨向唐僧拜倒，恭恭敬敬的說：「弟子有眼無珠，沒及早認出師父，冒犯之處，請師父原諒！」

三藏讓悟空拿來戒刀給悟淨剃了頭，看他模樣還真像個和尚，便給他取了一個混名叫做「沙和尚」。

悟淨按照惠岸的指示，把頸上所掛的一串骷髏（一共有九個）取下，按照「九宮」形狀排好，再把菩薩給的那個紅葫蘆放在當中，頓時就變成了一艘法船。

悟淨和八戒扶著唐僧坐上法船，悟空則牽著龍馬，在後面半雲半霧的跟著。那法船十分平穩，速度又快，不一會兒就渡過了流沙河，到達了對岸。

叁
降妖伏魔，打怪闖關
保護師父，別讓妖怪吃了他

第十四章 豬八戒招親

這天，師徒四人來到一座富麗堂皇的莊院，裡頭走出一位婦人，聽說四人要到西天去取經，便落落大方的說：「我的公婆和丈夫都不幸死了，我沒有兒子，只有三個女兒，我們家有一千頃良田，還有萬貫家財，正想母女四個一起招個女婿，今天遇到四位，也算是緣分，不如往後我們就在一起生活吧！」

這婦人本身的模樣不差，稍後她把三個女兒叫出來，三個女孩也都非常漂亮。

三藏被這番熱情的提議弄得尷尬不已，一時不知道該說些什麼才好，只得裝聾作啞。

婦人又對唐僧說：「其實我早就想改嫁了，只是捨不得家裡的財產，如果四位肯留下來，與我們共享榮華富貴，那就太理想了！我的女兒不僅個個賢慧能幹，還都念過幾年書，都會吟詩作對，是絕對配得上你三個徒弟的。」

三藏仍是呆呆的坐著，一句話也不吭。

八戒早就坐不住了，站起身說：「師父，人家說了那麼多好話，您怎麼都不理人呢？」

其實八戒早就覺得為了到西天取經，每天跋山涉水，還要不斷防備各式各樣的妖魔鬼怪，太過辛苦，早就想打退堂鼓了，因此面對這麼美妙的提議，真巴不得一口就答應，只是不好意思明說罷了。

三藏被八戒這麼一催促，馬上大罵：「畜生！教我說什麼？我們出家人，怎麼能夠一看到富貴和美女就動心？」

婦人嘆道：「真可憐，做出家人到底有什麼好？」

唐僧說：「您在家裡享受榮華富貴，固然很好，可是我們出家人也有一番好處……」

唐僧隨即滔滔不絕說起來，說得婦人大為光火，非常生氣的說：「你這個和尚，真是不知好歹！死腦筋！若不是看你遠從東土來，早就把你轟出去了！就算你自己發了誓，永不還俗，好歹也留你一個徒弟下來，幹麼要這麼固執呢？」

三藏看她大發脾氣，只好說：「那，悟空你留下吧！」

悟空說：「婚姻之事，我不懂，叫八戒留下吧！」

八戒骨子裡很樂意，表面上卻仍裝模作樣道：「再說，再說。」

三藏誤以為八戒也不肯，便說：「那就叫悟淨留下吧！」

悟淨說：「我在師父身邊還不到兩個月，什麼功勞都還沒立，我寧死也要去西天！」

婦人看他們推來推去，更加生氣，乾脆領著女兒扭身進去，並把中門關上，不理他們了。

八戒埋怨道：「哎呀！師父，其實剛才你只要把話說得含混些，別說得那麼絕，我們至少就可以有一頓齋飯吃啊。」

悟淨看著八戒，「那二哥就留下吧。」

八戒不置可否，「再說，再說。」

不久，八戒對大夥兒說：「這馬明天還得辛苦，我去放放馬，找些糧草給他吃。」

悟空早就看透了八戒的心思，八戒剛牽了馬走出去，他就交代沙和尚，「你陪師父坐著，我跟上去看看。」

悟空變成一隻紅蜻蜓，跟在後頭，看到八戒偷偷溜到後門，一見到那婦人劈頭就喊「娘」，表明了自己願意留下來的意思，只是還得再跟師父商量商量。

不一會兒，八戒喜孜孜的回來了。緊接著，婦人打開中門，領著三個女兒走出來問道：「怎麼樣？四位長老，你們誰願意留下來？」

悟淨說：「我們商量好了，讓姓豬的留下。」

八戒仍是假惺惺的說：「再說，再說。」

悟空就取笑他，「你在後門什麼都說好了，『娘』也叫了，還『再說』個什麼呀！」

八戒一聽，知道祕密已被悟空揭穿，紅著臉低下了頭。

婦人立刻叫家僕安排齋飯，款待唐僧師徒，然後把八戒這位「新郎」領到裡頭的房間。

八戒急著想知道，到底是哪個女孩許配給他。婦人說：「為了公平，別讓三個女兒有意見，乾脆用一塊紅頭巾罩住八戒的腦袋，讓他隨便亂抓，抓到哪個，哪個就許配給他。」

八戒果真就這樣伸出雙手，胡亂去抓，可是抓了半天，一會兒撞到柱子，一會兒撞到牆壁，弄得鼻青臉腫，頭暈眼花，一個也沒抓到。

婦人又說：「這樣吧，她們三個都做了一件珍珠嵌錦的衣服，你就一一試穿看看，哪一件穿得合適，就叫哪個嫁給你。」

八戒連聲說：「好！好！好！快把三件都拿來給我穿，如果三件都合適，那就三個都嫁給我吧！」

說著，抓起一件新衣服，性急的往身上套。沒想到新衣服剛穿上身，還來不及繫上帶子，他就已經「噗通！」一聲跌倒在地上！哪兒還有什麼新衣服？八戒早就被幾條繩子牢牢的綑住啦！

第二天一早，三藏、悟空和悟淨一覺醒來，發現自己竟睡在樹林裡，昨天的莊院已消失得無影無蹤。

悟淨說：「我們一定是碰到鬼了。」

悟空說：「我們三人還能睡在樹林裡，那呆子還不知道在哪兒受罪呢！」

穿過樹林，看到八戒被吊在樹上，連聲呼救。

悟空說：「好一個女婿，還不趕快去謝親，還在這裡玩？你娘呢？你老婆呢？」

原來這是觀音菩薩請幾位神仙，專門在這裡試探師徒四人是不是真心要到西方去取經。

沙悟淨上前解下八戒，笑著說：「二哥真是好福氣，居然感動四位菩薩給你做親。」

八戒羞愧得不得了，連連擺手道：「兄弟別再說了！我再也不敢了！以後就算是累斷骨頭，也一定要護送師父去西天！」

第十五章 偷吃人參果

師徒四人走了好幾天，又碰到高山擋路，不過，這座山風景秀麗，景象萬千，與前面一路上碰到的險山惡水，感覺上完全不同。

不久，他們來到一座道觀，看到門上貼著一副對聯——「萬壽山福地，五莊觀洞天」，這才知道這裡叫做「五莊觀」。

悟空批評道：「這對聯好大的口氣，就是太上老君家的大門口也不曾貼過這樣的對聯。」

剛說完，兩個小道童匆匆走出來迎接，說他們的師父鎮元大仙有

事帶著四十幾個徒弟外出，留下他們兩個最小的看家，行前鎮元大仙曾特別交代過他們，說唐僧馬上要經過這裡，要他們好好接待，還特別要他們打兩個人參果給唐僧吃。

人參果是這五莊觀裡的寶物，長在樹上。這寶樹三千年才開一次花，再三千年結果，又過三千年才成熟；將近一萬年的時間，最近才剛剛結了三十個果子；凡人只要聞一聞人參果，就可以活三百六十歲，吃一個就能活四萬七千年。

由於人參果太珍貴了，兩個小道童按照師父鎮元大仙的囑咐，先故意支開悟空、八戒和沙和尚，然後到後園打了兩個人參果要款待唐僧。可是人參果一端上來，唐僧怎麼看都覺得人參果的模樣太過恐怖，活像剛出生的小嬰兒，所以無論兩個小道童如何勸說，唐僧就是不肯吃。

兩個小道童只好嘟嘟囔囔的把人參果端回房間，一人一個吃掉，邊吃還邊取笑唐僧畢竟是肉眼凡胎，認不得仙家寶物，沒有福氣享用。

他們所說的話被正在隔壁的八戒聽得一清二楚，八戒聽得口水都要流出來了，便悄悄跟悟空說，想要悟空打幾個來嘗嘗。

悟空笑道：「這還不容易！」

他先閃到隔壁房中，偷了兩個小道童專門用來打人參果的工具「金擊子」，然後直奔後園，看到一棵至少有一百丈高的大樹，抬頭一看，樹上果真掛著好些活像小嬰兒的果子。

悟空飛身上樹，用金擊子輕輕一敲，一個果子「噗！」的一聲掉了下來，可是悟空落地來找，卻怎麼也找不到。

悟空火大，以為是土地公把果子搶走了，便把土地公叫出來問話。土地公大喊冤枉，說人參果不是普通的果子，遇金而落（所以打果子時要用「金擊子」），遇木而枯，遇水而死，遇火而焦，遇土而入，悟空剛才打的果子，一掉到地上就鑽進土裡去了。

悟空只好再試。這回他一手用金擊子打果子，另一手扯住衣服下襬及時接住，一共打了三個，然後叫八戒與沙和尚一起來吃。沙和尚一看到果子，便認出是人參果，說他雖然沒吃過，但以前看海外神仙給王母娘娘祝壽時獻過這個寶貝。

悟空和沙和尚剛開始吃，那食量大、嘴巴也大的八戒已經匆匆忙忙一口就將人參果給吞下肚子，舔舔嘴巴，意猶未盡，嚷著要悟空再去偷幾個來細細品嘗。

悟空便罵他：「你這傢伙真是不知足，這東西又不是一般的米食麵食，一萬年才結三十個，難道你還想吃飽？我們能吃上一個已經很夠了，不能再多吃了！」

悟空站起來，隨手把金擊子從窗眼裡丟進隔壁兩個小道童的房間。

稍後，兩個小道童給唐僧送茶回來，聽見八戒仍不死心的嘮叨著還想再吃果子，又看到金擊子掉在地上，心知不妙，趕緊跑到後園，站在寶樹下一數，果然少了四個果子，便氣急敗壞的跑到唐僧面前大罵，指責他們師徒四人不該偷吃人參果。

唐僧把三個徒弟叫來問道：「你們誰偷吃了人參果？」

八戒立刻說：「我實在是不曉得，沒看到。」

悟空暗笑。一個道童指著悟空說：「一定是這個笑的偷的！」

悟空說：「咦，我天生就是這副笑咪咪的模樣，難道你們丟了什麼果子，就不准我笑嗎？」

唐僧說：「我們出家人，不胡說八道，也不吃不該吃的東西，如果真是你們偷的，就老實承認，好好的給人家賠不是。」

悟空三人本來還商量好絕不能承認，因為偷人家果子畢竟不對，也畢竟是丟人的事，可是現在聽唐僧這麼一說，悟空只得承認道：「八戒聽說什麼人參果，要老孫弄一個來嘗鮮，老孫就打了三個，一人吃一個，現在都吃到肚子裡了，怎麼辦？」

兩個小道童頓時叫道：「果然是賊！而且明明偷我們四個，還說

只打了三個！」

八戒一聽，也跟著大叫：「好啊！師兄，原來你自己先多吃了一個！」

大家吵鬧不休，悟空一時解釋不清，見那兩個小道童得理不饒人，罵個沒完，又罵得那麼難聽，十分火大，便拔了一根毫毛，變成替身，乖乖在那兒挨罵，真身卻跑到後園，一陣亂棒，先把人參果統統都打下來，讓它們統統都鑽入土裡，又把寶樹整個兒連根推倒，弄得一塌糊塗！

稍後，兩個小道童發現寶樹全毀，氣得把唐僧師徒四人鎖在房裡，打算等師父鎮元大仙回來後再收拾他們。

悟空先使個解鎖法，把幾道鎖都一一解開，再丟幾個瞌睡蟲，讓

兩個小道童睡得像死豬一般，然後師徒四人便慌慌張張的向西逃去。

第二天，鎮元大仙就駕著祥雲迅速追來，衝著悟空劈頭大罵：「你這個潑猴！偷吃我的人參果，推倒我的人參樹，我非找你算帳不可！」

悟空趕緊掄起金箍棒就打，鎮元大仙則使拂塵相迎。才鬥了幾回合，鎮元大仙法力高強，把袍袖一展，使了一招「袖裡乾坤」，師徒四人連同龍馬、行李便全部都被裝了進去。

回到五莊觀，大仙把袍袖一抖，四人跌出來，大仙的弟子一擁而上，把四人綑得嚴嚴實實，綑在殿前的柱子上。

大仙拿出一條龍皮做的七星鞭，交給一個力氣比較大的小仙說：「把他們先打一頓，給我出出氣！」

小仙手執皮鞭，站定問道：「先打哪一個？」

「徒弟做賊，表示師父沒教好，」大仙說，指著唐僧下令：「先打他！」

悟空心想，糟了，師父怎麼禁得起打，趕緊阻止道：「不！偷果子的是我，推倒果樹的還是我，打他做什麼？打我吧！」

大仙同意了，「好，先打猴子，按照果子的數目，打三十鞭！」

小仙掄鞭就打。悟空看小仙打腿，趕快暗中把雙腿變成了鐵，再裝模作樣的叫一叫，其實他一點感覺也沒有。

打到中午，大仙又要打唐僧，悟空還是嚷著應該是自己挨打，把唐僧本來要挨的鞭子全部承擔了下來。

這一打又打到黃昏，大仙交代小仙把皮鞭先浸到水裡，明天接著打。

到了夜晚，悟空使個神通，鬆開四人的繩索，又叫八戒找來四段柳樹的樹幹，綁到柱子上，再把柳樹樹幹變成四人的模樣，然後把師父扶上馬，匆匆逃走。

第二天早上，大仙率著弟子們一一拷打「唐僧師徒四人」，打了一天，大仙才赫然發覺原來打的是柳樹，氣得要命，又立刻駕著祥雲追趕，照樣把師徒四人裝進袍袖，帶回五莊觀。

這回，大仙命弟子抬出大鍋，倒滿清油，下面架上火，等到油燒滾了，便要弟子把悟空丟進油鍋裡說：「把這猴子給我炸了，替我的人參樹報仇！」

悟空的真身及時跳到半空中，再把一座石獅子變成自己的模樣。

石獅子很重，小仙奉令來抬悟空，先是四個人，抬不動，再添了四個人，還是抬不動，一直到上來二十個人，總算抬起那假悟空，往油鍋一扔，頓時熱油四濺，濺到小仙們的身上、臉上，燙得他們哇哇亂叫，鍋子也被砸破了。大家仔細一瞧，這才發現原來鍋裡是個石獅子。

大仙大怒道：「好一個潑猴，果然是有點兒本事，怪不得當年能大鬧天宮，衝破天羅地網。好，我拿你沒辦法，就拿你師父出氣！」說著就叫弟子們另外架起一口新鍋，準備要油炸唐僧。唐僧嚇得都哭了。

悟空急得大嚷：「好好好！我乖乖被你炸就是了，你別炸我師父！」

大仙冷笑道：「算了，我知道你的本事，你賠我的人參樹就算了。」

悟空說：「你早這麼說不就好了？」

於是，悟空要大仙好好照顧唐僧，自己則駕起筋斗雲，到處去請教各路神仙，該如何救活人參樹。最後還是觀音菩薩用玉瓶裡的神水，醫活了寶樹，總算才平息了這場風波。

第十六章　三打白骨精

這天，師徒四人來到一座高山，山勢看來頗為險惡，悟空就一邊大吼，一邊揮舞著金箍棒在前面開路，把山上的毒蛇猛獸都嚇得四處奔逃。

走了好一會兒，唐僧說：「悟空，我餓了，你去化點兒齋飯來吃吧！」

悟空跳起來看了一下，說：「這附近幾千里之內都是荒山，沒有人家，只有正南一座山上有幾棵桃樹，我去摘幾個桃子來給你吃吧！」

悟空剛走，他駕雲的祥光驚動了一個妖怪，這妖怪看到唐僧，心中大樂道：「太好了！早就聽人家說，只要吃一口這唐僧肉，就可以長壽長生，今天他來了，我絕對不會放過他！」

妖怪本想直接動手，但看到唐僧身邊的八戒和悟淨，認出他們原來都是天將，擔心自己不是對手，便想出一個詭計。

妖怪變成一個年輕漂亮的小姑娘，左手提一個青砂罐，右手提一個綠瓷瓶，扭動著細腰，滿面笑容的朝唐僧師徒走來。

唐僧說：「咦，悟空不是說幾千里之內都沒有人家？前面不是有人來了？」

「在哪兒？哦……」八戒一看竟是一個漂亮的小姑娘，非常高興，迅速整理一下衣服，假充斯文，朝姑娘迎上去，搭訕道：「姑娘，你要到哪裡去啊？」

姑娘嬌滴滴的說：「這罐裡是香米飯，瓶裡是炒麵筋，我看到三位遠來，特別送些齋飯來請你們吃。」

姑娘還告訴唐僧師徒，這座山叫做白虎嶺，她的家中有父母，還有丈夫，此刻丈夫正帶著幾個長工在田裡幹活，她剛為他們送了午飯回來；姑娘

特別強調，他們一家都是好人，平常都很喜歡做善事。

八戒看師父一直在和那姑娘囉哩囉嗦，在旁等得不耐煩，乾脆就直接打開罐子，正要將香米飯大口吞下，突然，悟空摘桃回來了，他的火眼金睛一眼就認出那姑娘根本是一個妖怪，於是放下裝桃的盆子，舉棒就打！

那妖怪的反應也很快，看到悟空一棒過來，立刻使了一個「解屍法」，元神溜了，把一個假屍體丟在地上。

唐僧嚇得半死，「悟空，你怎麼胡亂打死人了？」

悟空說：「師父，她是妖精，要來害你的，你看看那罐子裡都是些什麼東西？」

唐僧一看，方才的「香米飯」全變成了有尾巴的長蛆，「炒麵筋」也全變成了青蛙和癩蝦蟆，滿地亂跳，便充滿疑懼的不作聲了。

沒吃到東西的豬八戒，一時氣不過，竟滿嘴亂說：「師父，那姑娘明明是一個普通的農婦，好心來為我們送齋飯，卻被師兄打死了，師兄一定是怕您念緊箍咒，才故意栽她是妖精！」

悟空大罵：「呆子，你胡說八道個什麼？」

沒想到耳根軟的唐三藏，被八戒這麼一挑撥，竟相信了八戒的話，指著悟空痛罵道：「出家人時時要方便，念念不離善心，你怎麼無故行凶？」接著就念起了緊箍咒，把悟空念得頭痛欲裂，拚命討饒，不斷嚷著：「不敢了！不敢了！」

唐僧又把悟空罵了好久，威脅著要趕他走。吃過些桃子之後，悟空扶著唐僧上馬，繼續前進。

那妖怪不甘心，又變成一個滿頭白髮的老太太，拄著一根拐杖，一路哭著走過來。

八戒說：「糟了，媽媽來找女兒了。」

悟空說：「別胡說，這個媽媽起碼都有八十多歲了，那個姑娘只有十七、八歲，哪有六十多歲還生孩子的，一定是個假的！」

說著大步迎上去，當頭又是一棒打下。那妖怪閃得快，又像剛才那樣使出「解屍法」，留下一個假屍體後就溜了。

可是唐僧不明白，以為悟空又無故逞凶殺人，氣得臉色發青，下馬來，二話不說，把那緊箍咒足足念了二十遍！悟空的腦袋被勒得都變形了，疼得滿地亂滾，不斷的哀哀求饒：「師父，有話好說，求求您別念了！」

唐僧大罵：「沒什麼好說的，你根本是一個無心向善、有心作惡的人！」

悟空可憐兮兮的說：「她可是妖精啊！」

唐僧不信，「胡說！哪來這麼多的妖精？你走吧！我不要你這種惡徒弟！」

悟空說：「如果你一定要我走，至少替我把頭上這緊箍兒給鬆了吧，否則叫我回去怎麼見人？」

唐僧說：「菩薩只教我『緊箍咒』，沒教我『鬆箍咒』，怎麼鬆？」

悟空無奈道：「既然沒辦法鬆，那我還得跟著你。」

唐僧便說：「我再饒你這一次，你絕不可以再行凶了。」

那妖怪看唐僧師徒四人就快走下白虎嶺，也就是說就快走出她的地盤，又氣又急，就又變成一個滿頭白髮的老先生，一邊走路，一邊假裝念經，拄著拐杖搖搖晃晃、步履蹣跚的走過來。

唐僧遠遠看到了，滿心歡喜的讚美道：「西方真是一個好地方！連這樣路都走不穩的老先生，也會一邊走路、一邊念經哩。」

八戒嚷嚷著：「完了！完了！一定是來尋仇的了！」

悟空說：「別嚇唬師父，讓我上去看看。」

他把金箍棒藏起來，假裝上前攀談。妖怪以為這次悟空總算沒認出自己，便放鬆了戒備，悟空就趁他一不注意，趕緊一棒打死了他，而且這回悟空在動手之前，已經事先念動真言，叫山神幫忙在上空堵住，才沒有讓那妖怪又用「解屍法」逃走。

唐僧嚇得魂飛魄散，八戒大叫：「真不得了，還不到半天，師兄就打死了三個人！」

唐僧氣得立刻又要念緊箍咒，悟空急著奔過來，「師父！別念！別念！你來看看他是個什麼東西？」

唐僧一看，地上居然是一堆白骨，不禁打了一個寒顫，「怎麼才剛死就成了一堆白骨？」

悟空說：「她本來就是一個『白骨精』，被我打死後，就現出本相，你看她脊梁上還有字，叫做『白骨夫人』哩！」

原本唐僧已經信了，不料八戒一挑撥，說什麼「只怕這是師兄使的『障眼法』吧！」耳根軟的唐僧又聽信了，堅持要趕悟空走。

悟空重重的嘆了一口氣，「唉，罷了！罷了！俗話說『事不過三』，我一心一意保護師父，師父卻錯怪我，一再趕我走，我若再不走，倒顯得我像一個下流無恥之徒，可是我這一走，只怕師父手下沒人……」

唐僧很生氣，「難道只有你是人？悟能、悟淨都不是人？」

悟空只好委屈的準備離去。臨走前還叮嚀沙和尚：「賢弟，你是一個好人，但要小心提防八戒的閒言碎語，途中如果遇到什麼妖魔，你就說我是師父的大徒弟，那些妖魔就不敢傷害我們的師父……」

正在氣頭上的唐僧，一聽悟空這麼說，立刻惱怒的大叫：「我沒有你這種惡徒弟！你快走吧！我再也不要看到你！如果要再看到你，我寧可去下地獄！而且，我是一個好和尚，絕不提你這個壞蛋的名字！」

聽師父說出這麼絕情的話，悟空便不再多說，忍著氣一個筋斗飄洋過海，回到了花果山。

第十七章 大戰黃袍怪

唐僧趕走悟空，重新上馬，由八戒在前面開路，沙和尚挑著行李在後面相隨。過了白虎嶺，進入一片濃密的松林。八戒學著悟空的樣子，掄著釘耙在前面開路。

走著走著，三藏說：「八戒，一天沒吃飯，實在好餓。」

八戒說：「師父下馬休息一下，我這就去化齋，放心吧，我一定會帶回一頓豐盛的齋飯。」

可是他托著缽走了十多里，也沒見到一戶人家，怎麼化齋？這才想起悟空的好處；想回去，又怕唐僧怪他，乾脆就地一躺，什麼也不管，只管呼呼大睡。

唐僧等了半天也不見八戒回來，心情焦躁，就叫沙和尚去找。沙和尚找了好久，忽然聽到草叢裡有人說話的聲音，撥開草叢一看，發現原來是八戒在說夢話，便一把揪住八戒肥大的耳朵罵道：「呆子，居然躲在這裡睡大覺！還不快起來！」

八戒睡眼惺忪，愣愣的問：「什麼時候了？」

沙和尚說：「不早啦！師父說沒有齋飯就算了，天色已晚，我們還得找住處呢！」

兩人回到林中，唐僧不見了。兩人心想一定是師父坐不住，到附近散步去了，便在附近開始尋找。走了一會兒，看到前面有一座寶塔，兩人都很高興，因為有寶塔的地方一定有寺廟，有寺廟的地方一定有和尚，師父此刻想必正在裡頭舒舒服服的吃著齋飯哩！

兩人立刻朝寶塔直奔，等到走近了才看到塔門上有一塊橫匾，上面寫著「碗子山波月洞」。

「糟了！」沙和尚說：「這裡不是寺院，是妖精洞。」

剛才唐僧枯等兩個徒弟，確實心緒不寧，想起身走走，無意中看到這座寶塔，也以為是一座寺院，高高興興的走進去，仔細一看，才看到裡頭一張石床上，側睡著一個青面獠牙、身上披著一件黃袍的妖怪。妖怪一聽唐僧的來歷，哈哈大笑，「我正想吃你呢，你倒自己送上門來！」

隨即命令小妖把唐僧綁起來，唐僧可憐兮兮的拚命求饒。

唐僧發著抖說：「我有兩個徒弟，叫做豬八戒和沙和尚，替我化齋去了。」

小妖們說要去抓八戒和沙和尚，老妖說：「不用去，他們自然會找來的。」

不多久，當八戒和沙和尚發現這座寶塔原來竟是妖精洞，擔心師父已經被妖精抓住，果然氣呼呼的在洞口叫陣。

老妖提著刀，披掛走出來。

八戒喝令：「我師父是御弟唐三藏，如果現在在你家裡，就趕快送出來，免得我搗毀你的洞！」

老妖笑道：「是有一個唐僧，正在我家裡吃人肉包子哩，你們倆也一起進來吃吧。」

八戒一聽到「吃」，馬上就要進去，沙和尚一把拉住他，「呆子！師父怎麼可能吃人肉？」八戒這才猛然察覺不對勁，掄起釘耙就朝老妖衝過去，沙和尚跟進，兩人夾攻老怪，勉強算是戰個平手。

另一方面，唐僧被黃袍怪綁在洞中，害怕得直哭，哭聲驚動了黃袍怪的妻子。那婦人一方面很同情唐僧，一方面她自稱原是距此正西三百里寶象國的三公主，名叫百花羞，十三年前中秋節的晚上，與家人一起賞月時，被黃袍怪的狂風抓到這裡，被迫與黃袍怪結為夫妻。婦人說，只要唐僧願意替她到寶象國去送一封家書，她就要丈夫放了他。唐僧自然十分樂意。

黃袍怪隨即也對八戒和沙和尚說：「今天我妻子發善心放了你們師父，你們也趁早滾吧，不過以後如果再來打擾我，我就絕饒不了你們！」

師徒三人便有如喪家之犬慌慌張張的離開波月洞，往西逃去。

來到寶象國，唐僧依約把三公主的家書送交國王，國王看了，痛哭流涕，又拚命拜託唐僧師徒幫忙捉妖，救回三公主。

八戒不自量力，一時好表現，竟吹牛說：「我本是天蓬元帥下凡，會三十六種變化，最會降妖。」

國王說，只要能救回三公主，一定會以重金相謝，八戒就駕起雲果真又飛回碗子山，打算要回到波月洞去挑戰那黃袍怪。沙和尚也隨後跟去，想助八戒一臂之力。

一到波月洞，八戒一耙就把洞門弄了個大破洞，小妖飛報進去，老怪提刀出來，怒氣沖天的問道：「我已經饒了你們，你們居然又敢找上門來？」

於是，三人一陣廝殺。八戒看那老怪厲害，竟然撇下沙和尚，一個人先溜了，他一溜，沙和尚馬上就被老怪生擒，綑進了洞裡。

黃袍怪愈想愈氣，決定要去找唐僧算帳，便跟妻子說要到寶象國去拜見老丈人。

三公主說：「你這副嘴臉豈不把我父王活活嚇死？」

黃袍怪說：「那我就變成一個俊的。」

說罷果然就變成一個威武英俊的年輕人，自稱是三駙馬，來到寶象國，不但拜見了國王，認了親，還顛倒黑白，說此刻正與國王坐在一起談笑的唐僧，其實是一個虎精。

十三年前，這虎精劫走了三公主，是他救了三公主，這十三年來也一直小心保護著三公主；為了證明他所說的話，黃袍怪使了一個「黑眼定身法」，含了一口水噴向唐僧，叫聲「變！」唐僧頓時真的變成了一隻大老虎，被眾武將一擁而上，活捉起來，關進了鐵籠。

這下國王完全相信了黃袍怪的話，錯把他當成了好人，大擺宴席款待他。

八戒溜走之後，先躲在草叢裡睡了一個大覺，睡醒了心想既然打不過黃袍怪，先回去見師父再說。

他駕著雲回到寶象國他們所住的客棧，沒看到唐僧，卻看到小龍馬渾身溼漉漉的，後腿還帶了傷，正感到奇怪，小龍馬突然說話，把黃袍怪冒充好人並且把師父變成老虎的事都告訴了八戒；小龍馬還說，昨天夜裡，他曾經變成一個宮女想要去殺黃袍怪，營救師父，但是失敗了，後腿還因此受了傷。

八戒聽了以後就說：「既然這樣，我看咱們就解散吧！你掙扎著下海，回去當你的龍王三太子，我則回高老莊做我的回鍋女婿。」

「這怎麼可以！」小龍馬流著淚說：「師兄啊，你可不要偷懶，還是趕快去花果山，把大師兄給請回來吧！」

八戒擔心悟空記仇，猶豫著不肯去，小龍馬一再說：「你儘管去吧，他是一個有仁有義的猴王，不會記仇的。」

八戒沒辦法，只好駕雲直奔花果山。

到了花果山，看到悟空穿得漂漂亮亮的坐在山崖上，下面整整齊齊排列著幾千隻猴子，朝著悟空磕頭禮拜，口中還叫著：「萬歲！大聖爺爺！」十分神氣，八戒心中大吃一驚，忍不住想著，原來這猴子有這麼大的家業！如果老豬能有這麼大的家業，才不會出家去當什麼和尚哩。

他想上前叫悟空，又怕悟空不理他，便先硬著頭皮混進猴群裡，也跟著向悟空磕頭。悟空眼尖，坐的位置又高，其實早看到了，卻故意說：「那邊有一個亂拜的野蠻人是誰？把他抓起來！」

眾小猴立刻撲過去，三兩下把八戒抓起來。八戒低著頭說：「不是野蠻人，是熟人——認得這嘴嗎？」

悟空笑了，「原來是豬八戒。你不去保唐僧取經，跑來這裡幹什麼？是不是你也頂撞了他，也被他給趕走了？」

八戒急急說：「不是不是，是師父想你，讓我來請你回去。」

「哼，他不是說如果再見到我，寧可下地獄嗎？怎麼會想我？你老實說吧，是不是師父在哪裡有難，讓你來這裡哄我？」

「沒有沒有，真的是想你。」

「那你就回去告訴他，說趕就趕了，別再想我。不過，既然來了，就在這裡玩一玩再回去吧。」

說完，就不再提唐僧，只顧帶著八戒玩，八戒雖然心裡很急，又遲遲不敢說實話，只好一直亂拍馬屁，說什麼花果山真是「天下第一名山」。蘑菇了好久，八戒實在按捺不住，只得老實說了師父遇難的情況。

悟空說：「臨別時我一再叮嚀，碰到妖魔時提一提我老孫的名號，你們為什麼不提？」

八戒一聽，急中生智，趕緊使出「激將法」說：「怎麼沒提？可是一提那妖怪反而更加暴跳如雷，說：『什麼孫行者！我才不怕他！如果他來了，我就剝了他的皮，抽了他的筋，啃了他的骨，吃了他的心！儘管他瘦，我也要把他剁了油炸！』」

這一招「激將法」果然有用，悟空聽了果真狂怒道：「好哇！這是什麼妖怪，居然敢對我如此無禮！我一定要把他抓住，碎屍萬段不可！」

於是，悟空換下一身「大王」的裝束，重新穿上虎皮裙，手握金箍棒，先和八戒駕雲飛到碗子山，搗毀波月洞，救出沙和尚。

黃袍怪聽到消息，馬上現出本相，趕回碗子山。悟空一看到黃袍怪就罵：「妖怪，認得我嗎？」

老怪說：「好像有些面熟，你是誰？」

「我是唐僧的大徒弟，叫孫悟空，是你五百年前的祖宗！」

老怪奇怪的說：「唐僧不是只有兩個徒弟嗎？沒聽說還有個姓孫的。」

悟空更氣，「沒聽說你就敢在背後罵我？」

「我哪有？這是誰告訴你的？」

「豬八戒。」

「豬八戒嘴長，專門亂說閒話！」

「不管什麼閒話不閒話了，現在老孫已經大老遠的趕來，你就得吃我這一棒！」

說完兩人就大打出手。悟空變成三頭六臂，使著三根金箍棒，很快就把洞中小妖全部打死，只剩下那黃袍怪。

不過，那黃袍怪可不好對付，兩人大戰五、六十回合還分不出勝負，後來，老怪無心戀戰，乘機溜得無影無蹤。

悟空心想，這妖怪好刀法，居然還能擋得住他的金箍棒，再加上妖怪溜走後，他就算跳到雲端，怎麼找也找不到妖怪的蹤影，便判斷這絕不會是普通的妖精，很可能是天神下凡。

悟空一筋斗來到南天門，拜見玉帝，說明情況，玉帝連忙派人點名，遍查天上神將，發現各部神將都在，惟獨斗牛宮外二十八宿現在只有二十七位，「奎木狼」不見了，後來一查才知道，奎木狼已私自下凡十三天了。

於是，玉帝就命人將奎木狼（**也就是那位黃袍怪**）收上天，罰他為太上老君燒火。

悟空把三公主送回寶象國，再含一口水噴向老虎，退了妖術，還唐僧本來面貌。

唐僧見了悟空，羞愧交加，一把抱住悟空，激動的說：「好徒弟，多虧了你！多虧了你！等我們取了經回到東土見了天子，我一定會奏明聖上，說你的功勞最大！」

悟空笑著說：「別說什麼功勞了，今後只要你少念幾句咒，我就感激不盡了。」

第十八章 豬八戒巡山

離開寶象國，師徒四人又走了很久，冬去春來，又是新的一年了。

這天，他們看到前面有一座高山，唐僧才剛叮嚀徒弟們，小心碰上什麼野獸和妖魔，就看到有一個樵夫站在遠遠的山坡上朝他們大聲喊道：「往西方去的長老要小心了！前面有可怕的吃人妖魔啊！」

唐僧嚇得半死，悟空趕緊安慰師父，叫他別怕，自己則上前去打聽打聽。

那個樵夫其實是一個好心的天神變的，特地來提醒唐僧師徒四人，從這座山過去六百里，有一座平頂山，山上有一個蓮花洞，洞裡有兩個魔頭，早已等著要吃唐僧肉了。

悟空打聽完消息，一點也不害怕，但忽然心生一計，想要乘機整整豬八戒，就故意揉一揉眼睛，擠出一些眼淚，然後迎著師父往回走。

豬八戒看了，馬上大叫：「沙和尚，快把行李放下來，咱們倆平分了吧！」

沙和尚問：「幹麼呀？」

八戒說：「咱們解散！你回流沙河去做妖怪，我回高老莊去做女婿，西天是去不成了！」

唐僧在馬上聽見了，生氣的罵道：「你這個蠢貨！好端端的怎麼又胡說起來了？」

「我才沒胡說哩！」八戒說：「你們沒看到那猴子居然哭著回來了？連他都嚇得掉眼淚，前面的妖怪一定厲害得不得了，西天還怎麼去啊！」

唐僧一聽，心也慌了，等悟空一走近，便急急的問道：「前面的情況怎麼樣？」

悟空假裝一臉沉重的樣子，嘆了一口氣說：「恐怕很不好對付，再說我又只有一個人，勢單力薄——」

「誰說你只有一個人？」唐僧急急說：「還有八戒和沙和尚，都可以隨你調度啊！」

「好吧，」悟空就轉身對著八戒說：「我現在有兩件事需要你幫忙，你任選一件：第一是去巡山，打聽一下這是什麼山，什麼洞，有多少妖精；第二是照顧好師父，如果師父餓了、瘦了，或衣服髒了，你都該打！」

八戒想了一想，「老豬去巡山吧。」

悟空早就料定八戒一定會偷懶，不會老老實實的去巡山，所以，八戒扛起釘耙前腳一走，悟空要沙和尚守好師父，自己就馬上變成一隻小蟲，飛過去落在八戒耳後鬃毛上跟著。

八戒走了七、八里，愈走愈不甘心，便扭回身，比手畫腳的罵道：「這個軟綿綿的老和尚，可惡的弼馬溫，沒用的沙和尚，你們都在那裡舒服，卻叫我來巡山，簡直豈有此理！明知道有妖怪，不會繞道走啊？還要我來調查個屁！哼，我才不去巡什麼山哩，隨便找哪裡睡一覺，再回去唬唬他們就行了。」

他又胡亂走了一陣，果真找到一片草叢，鑽進去就睡。

悟空就變成一隻啄木鳥，對著八戒的大嘴，一口猛啄下去，痛得八戒哇哇大叫！八戒一翻身，把整個臉埋進衣服裡，還想再睡，悟空這回對準他肥厚的耳際，狠狠的一啄！

「哇！好痛！」八戒痛得跳起來。

覺睡不成，八戒只好爬起來，一邊咒罵著，一邊心不甘、情不願的往前面亂走。

走了四、五里，路邊有三塊大青石，八戒突然放下耙，對著石頭鞠了一躬。

悟空在心裡暗罵：「這呆子不知道在搞什麼鬼！」

原來八戒已編好一套謊話，為求熟練逼真，竟把那三塊大青石當成是師父、師兄和師弟三人，正在一本正經的練習哩。

「師父如果問我這是什麼山，我就說是石頭山；問我什麼洞，就說石頭洞；什麼門，就說是釘釘的鐵葉門；問我門有多深，就說入內有三層；如果問我門上的釘子有多少，就說老豬粗心沒看清楚……」

看八戒如此嘟嘟囔囔演練個沒完，悟空的肚子都快笑痛了。

悟空先飛回來，把這一切都告訴唐僧。唐僧不信，非常懷疑的說：「悟能又呆又傻，會編什麼謊？」

悟空說：「師父別急著袒護他，等他回來後就知道了。」

不久，八戒一路嘀嘀咕咕的回來了。

悟空喝問：「呆子！在念什麼呀！」

唐僧說：「八戒，你辛苦了。」

「是啊是啊，」八戒立刻說：「巡山最辛苦了。」

唐僧又問：「有妖怪嗎？」

「有啊有啊，有好多妖怪，」八戒信口開河道：「那些妖怪啊，有的叫我豬祖宗，有的叫我豬外公，安排了好多素湯素菜，請我大吃一頓，還說要大張旗鼓送我們過山哩。」

悟空說：「是嗎？不會是你在草叢裡睡著了，說夢話吧！」

八戒一聽，嚇了一大跳，心驚肉跳的想：「奇怪，他怎麼知道我在草叢裡睡覺？」

悟空上前一把揪住八戒的耳朵，大聲問道：「我問你，這是什麼山？」

「石——石頭山。」

「什麼洞？」

「石頭洞。」

「什麼門？」

「釘釘鐵葉門。」

「裡面有多深？」

「入內有三層。」

「好，底下的你不用說了，我替你說吧！如果問你門上的釘子有多少？你就說『老豬粗心沒看清楚』，對不對呀？」

八戒嚇得立刻跪倒在地上，「師兄，你怎麼知道？難道你跟著我一起去巡山了嗎？」

「還在鬼扯！」悟空大罵：「叫你去巡山，這麼重要的事，你偏偏偷懶跑到草叢裡去睡大覺，如果不是啄木鳥啄你，你恐怕到現在還在睡哩！」

罵完舉棒就要教訓八戒，八戒大喊：「師父，救命！」

唐僧心軟，果真替八戒說情，「悟空，八戒偷懶，是該打，不過我們現在正是需要人手的時候，暫且就先饒了他吧！」

悟空這才收起棒子，瞪著八戒道：「哼，看在師父的面子上，我就饒你一回，還不趕快再去認真巡山！」

八戒趕緊爬起來，慌慌張張的再度出發。

第十九章　大破蓮花洞

平頂山蓮花洞中，住著兩個妖魔，一個叫做金角大王，另一個叫做銀角大王。

金角大王早就想吃唐僧肉，請人畫了唐僧師徒的像，讓銀角大王整天帶著畫像去巡山，只要見到畫上的和尚，就只管抓來。

這天，銀角大王帶著二、三十名小妖，拿著畫像又來巡山，正好遇到八戒。銀角掛起畫像，認出八戒，便下令去抓，鬥了二十回合，八戒不敵，被小妖們揪著耳朵、扯著尾巴，抬回蓮花洞。

銀角大王高高興興的說：「哥呀，抓到一個了。」

金角大王過來一看，「這是豬八戒，沒用。」

豬八戒趕緊說：「既然沒用，就放了吧！」

金角說：「嘿嘿，沒用也不能放，來呀！把他先浸到水池裡，等過兩天泡掉豬毛後，放上鹽醃了，天陰了就好下酒。」

於是，小妖們就把八戒扛到後面，扔進水池裡。

銀角大王繼續帶著畫像去巡山，不久遠遠就看到唐僧師徒；他們看八戒這麼久還不回來，已經找來了。

銀角心想，想吃唐僧肉，只能智取，不可力敵，否則這麼多小妖還不夠那孫行者一頓打，便叫小妖們先回去，自己變成一個斷了一條腿的道士，躺在路邊大喊：「救命！」

他的呼救聲果然把唐僧師徒給引來了。假道士說，他帶徒弟去南山做法事，回來晚了，路上遇到猛虎，啣走了他徒弟，他自己則在驚駭之中滾下山坡，跌斷了腿。假道士哀求唐僧送他回不遠他所住的地方，唐僧很同情他，便叫悟空背他。

悟空早就看出這假道士是妖怪，便讓唐僧先走，自己慢慢的跟在後面，想乘機摔死這妖怪，不料銀角大王機靈得很，竟然先下手為強，使了一個「移山倒海」的法術，先後把三座大山搬來，重重的壓在悟空身上，讓悟空動彈不得。

緊接著，銀角駕風趕上唐僧和沙和尚，把他們倆都抓到了蓮花洞。

金角大王說：「怎麼沒把那猴子抓來？不抓他，如果我們吃了他師父，他一定會來報仇的。」

銀角大王得意的說：「那猴子也沒什麼了不起，現在正被我用三座大山壓住，寸步難行哩！」

金角說：「太好了，那就趕緊去把他一起抓來，湊和著一起熬著吃。」

於是金角派了兩個小妖，拿著「紅葫蘆」和「玉淨瓶」兩個寶貝，要去抓悟空。

悟空在山神的幫助下，卸去了三座大山。他遠遠的看到兩個小妖朝這兒走過來，就變成一個道士，上前和兩個小妖攀談，聽說他們是從蓮花洞來，奉了大王的命令要去抓孫行者，便故意說：「這個孫行者，我也很討厭他，我幫你們一起去抓吧。」

兩個小妖說：「這倒不必，我家二大王已經用三座大山壓住了他，現在我們拿紅葫蘆和玉淨瓶去裝他就行了。」

「裝他？怎麼裝呀？」

「只要叫他的名字，他一答應，就會被裝到裡面，然後我們再趕快貼上『太上老君急急如律令』的帖子，這樣用不了多久，他在裡頭就會化為膿血了。」

悟空心想，乖乖，這麼厲害，早聽說金角大王和銀角大王有五件寶貝，這「紅葫蘆」和「玉淨瓶」想必就是其中兩件了。

悟空悄悄拔下一根毫毛，變出一個又大又紅的紫金紅葫蘆，對小妖說：「你們那個能裝人的葫蘆沒什麼了不起，我這個葫蘆能裝天呢。」

小妖不信，悟空就念動真言請來天神，讓天神用黑旗把日月都遮住了，剎那之間天地一團漆黑，伸手不見五指。

兩個小妖都嚇壞了，連連說：「我們已經見識過了，快把天放出來吧！」

悟空再度念咒，天神捲起黑旗，天地立刻恢復光明。

兩個小妖都認為這道士的葫蘆比較厲害，就提議用「紅葫蘆」和「玉淨瓶」兩個寶貝來交換那可以裝天的葫蘆。悟空假裝很不願意的樣子，經過兩個小妖苦苦哀求，這才勉強同意。

道士一走，兩個小妖試著要裝天，卻怎麼也裝不進，這才驚覺上了大當，慌慌張張奔回蓮花洞，向兩位大王報告。

金角大王聽說兩個寶貝被騙走，暴跳如雷道：「這一定是那孫行者搞的鬼！」

銀角大王說：「哥哥別生氣，我們趕快派人去請母親來吃唐僧肉，順便帶『晃金繩』來抓那可惡的孫行者！」

「晃金繩」就是兩個妖怪的第三件寶貝，而剩下兩個寶貝則是「七星劍」和「芭蕉扇」，都是很厲害的武器。

當兩個小妖慌慌張張跑回蓮花洞報信的時候，其實悟空已經變成一隻蒼蠅，也跟著飛回了山洞，打探了情報。

接下來，他又尾隨另外兩個小妖出了蓮花洞，在半途先把小妖打死，自己和自己的一根毫毛則變成那兩個小妖的模樣，跑到壓龍山去請兩位大王的母親。

儘管悟空一生高傲，從不肯服軟，見到玉帝也不肯下跪，可是當他假扮的小妖見到兩個妖怪的母親時，為了不露出破綻，不得不跪了下來，嘴裡還說：「給老奶奶磕頭。」

那老婆婆聽說兩個孝順兒子請她一起去吃唐僧肉，馬上高高興興的叫小妖備轎出發。途中，悟空又把那些小妖連同妖魔的母親一起打死，再從那老妖怪（**原來是一條九尾狐狸**）的身上搜出「晃金繩」，直奔蓮花洞。

在與兩個妖怪交戰中，悟空原本已用「晃金繩」綑住了他們，不料被妖怪認出那繩子本是自家寶貝，趕緊念了鬆繩咒，而且迅速反拋回來，變成一個堅硬的金圈子綑住了悟空！

金角與銀角把悟空綁在柱子上，從他身上搜出「紅葫蘆」和「玉淨瓶」之後，就高高興興的到前面喝酒慶功去了。

悟空暫時屈居下風，不過他並不慌亂，冷靜的又想出一個計策。他先把金箍棒變成一根鋼銼，扳過那金圈子，沒幾下就銼斷了。他立刻跳出來，拔根毫毛，變出一個替身，照樣綁在那裡。

然後，他再變成一個小妖，走到兩個妖怪身邊，假裝殷勤的伺候兩位大王喝酒，再趁妖怪不注意，偷走了「紅葫蘆」，最後再用一根毫毛變出一個假葫蘆，塞給喝得醉眼矇矓的銀角。

悟空悄悄溜到門外，恢復本相，在蓮花洞洞口叫陣。銀角大王匆匆拿了假葫蘆出來應戰，看到悟空手裡拿著一個和自己一模一樣的葫蘆，嚇了一跳，愣愣的問：「你的葫蘆怎麼跟我的一樣？」

悟空騙他：「當然一樣，這本來就是一對葫蘆，我的是公的，你的是母的，母的打不過公的。」

「胡說八道！」

「那我叫你一聲，你敢應嗎？」

銀角硬著頭皮說：「怎麼不敢？」

悟空就跳到半空，把葫蘆口朝下，

叫了一聲：「銀角大王！」

銀角怯怯的應了一聲，頓時「嗖！」的一下就被收進了葫蘆。

後來，悟空又偷來了「玉淨瓶」，把金角大王也收進瓶裡。

收服了兩個妖怪以後，悟空回到蓮花洞，放下被吊著的唐僧、八戒和沙和尚。

唐僧說：「好徒弟，你辛苦了！」

悟空笑道：「是啊，你們還只是吊著，我可是忙個沒完，裡裡外外奔波了多少趟，才盜出寶貝，戰勝妖怪。」

他們請唐僧上了馬，再度直奔西方。正走著，忽然碰到太上老君攔住他們，要他們還他的寶貝；原來，金角大王和銀角大王，一個是看金爐的童子，一個是看銀爐的童子，他們倆偷了太上老君的五件寶

貝私自下凡——葫蘆是盛丹的，淨瓶是盛水的，七星寶劍是煉魔的，芭蕉扇是搧火的，晃金繩則是太上老君拿來束腰的。

悟空立刻把五件寶貝都還給太上老君，太上老君打開葫蘆和淨瓶，倒出兩股仙氣，伸手一指，仍變回兩個童子，然後，太上老君就帶著兩個童子回到天上去了。

第二十章　三借芭蕉扇

唐僧師徒四人一路西行，走了又走，轉眼過了盛夏，又到了深秋。

這天，他們來到一個地方，愈走愈覺得熱氣逼人。

唐僧說：「奇怪，都已經是深秋了，怎麼還這麼熱？」

正說著，來到一個村莊。當地居民聽說唐僧師徒要到西天去取經，都不斷搖著頭說：「西方不能去！不能去啊！」

他們說，這裡一年四季都是如此炎熱，因為距離這個小村莊大約六十里以外的地方，有一座火焰山，是通往西方必經之路，卻有八百里火焰，四周圍寸草不生，如果要過火焰山，就算是銅的腦袋、鐵的身體，也會化成汁。

唐僧一聽，大驚失色。

居民們又說，要過火焰山，除非去向鐵扇公主借芭蕉扇。

悟空問：「鐵扇公主在哪裡？」

居民們說，鐵扇公主住在翠雲山山上的芭蕉洞，翠雲山位在西南方，來回要走一個月，大約一千四百餘里。

悟空對唐僧說：「不遠，不遠，我去去就回來。」

悟空一眨眼就來到翠雲山，找到了鐵扇公主，向鐵扇公主借芭蕉扇，可是公主不肯借，因為她的兒子紅孩兒為了想吃唐僧肉，曾經與孫悟空之間有過一場惡戰，吃足了苦頭，後來被觀音菩薩帶到南海去做了善財童子，鐵扇公主因此恨透了孫悟空。

鐵扇公主指著悟空大罵道：「虧你跟我丈夫牛魔王還曾經是結拜兄弟，居然對我的兒子這麼狠，我正沒處找你報仇呢！，你倒還好意思來向我借芭蕉扇！」

悟空說：「令郎現在跟在觀音菩薩身邊，做了善財童子，有什麼不好？」

鐵扇公主又罵：「好什麼！現在我們母子都見不了面了！」

悟空說：「那簡單，只要你借我扇子，搧熄了火，送我師父過了山，我就到南海請他回來見你，如果他少了一根汗毛，你就惟老孫是問！」

鐵扇公主說：「哼，潑猴！要借扇可以，你先把頭伸過來，讓我用力砍上幾劍，如果你受得了，就借你扇子，如果受不了，就去見閻王！」

「沒問題！」悟空毫不猶豫就把光頭伸過去，「只要嫂嫂能消氣，肯借扇子，砍幾下都行！」

鐵扇公主雙手掄劍，對著悟空的頭猛砍十幾下，見一點也傷不了悟空，又氣又惱又害怕，便說話不算話，還是不肯借扇子。悟空這下也火了，就與鐵扇公主打了起來。鐵扇公主知道打不過悟空，鬥了幾十回合之後，就取出芭蕉扇對著悟空輕輕一搧，悟空頓時就被搧出五萬多里！

悟空落在小須彌山，山上的靈吉菩薩送給悟空一粒「定風丹」，悟空吃下之後，立即轉身又回到翠雲山去找鐵扇公主。

這回，鐵扇公主不管怎麼搧，悟空都文風不動。鐵扇公主氣得逃回洞中，關緊洞門，不管悟空如何叫陣，都不肯出來。

悟空就變成一隻小蟲，鑽進洞裡，再趁鐵扇公主不注意的時候，跳到茶水裡，被鐵扇公主喝進了肚子裡。

悟空在鐵扇公主的肚子裡恢復本相叫道：「嫂嫂，借我扇子！」

鐵扇公主大吃一驚，「你在哪裡？」

「在嫂嫂的肚子裡！」說完，悟空雙腳一蹬，鐵扇公主立刻慘叫一聲，痛得跌倒在地上。

接著，悟空把頭往上一頂，鐵扇公主痛得滿地打滾，大喊：「救命！我借！我借！」

「謝了。」借到了芭蕉扇，悟空一筋斗翻回去，直奔到火焰山前，舉起扇子用力一搧——

沒想到，這一搧，火勢居然更大，至少騰起了千丈高！悟空躲避不及，兩股毫毛都被燒掉了。

唐僧愁眉苦臉，不斷叨念著：「這怎麼辦？這怎麼辦？」

八戒問悟空：「你平常不怕雷打，也不怕火傷，怎麼今天開始怕火了？」

悟空頗為懊惱的說：「我沒料到那女人會騙我，沒念避火訣。」

這時，正好有一個土地公領個小鬼給師徒四人送來齋飯，悟空便問那土地公：「這火焰山的火是怎麼來的？是不是牛魔王放的？」

土地公說：「不是他放的，請大聖恕我直言，這火是你放的。」

「我？」悟空大怒，「我從來沒來過這裡，怎麼可能會在這裡放火？」

土地公說：「大聖，你已經不認得我了，我本來是天庭兜率宮替太上老君守爐的道人，當年你從八卦爐中逃出來，蹬掉了幾塊磚，掉到這裡就變成火焰山，老君怪我失守，罰我來這兒當了土地公。」

土地公也告訴悟空，要想借到真的芭蕉扇，恐怕得先去找牛魔王。牛魔王現在都和一隻狐狸精住在積雷山魔雲洞，很少回翠雲山。

悟空就去積雷山找牛魔王，但同樣由於紅孩兒的緣故，兩人見面說不了幾句話就一言不合，大打出手。

打著打著，牛魔王乾脆不理會孫悟空，逕自騎著金睛獸跑到一處深潭，和幾個龍精、蛟精喝酒去了。

悟空靈機一動，心生一計，悄悄變成牛魔王的模樣，解下那隻金睛獸，騎上之後離開深潭，直奔翠雲山芭蕉洞。

鐵扇公主辨不出真假，歡天喜地的迎接牛魔王，並且提起孫悟空來借芭蕉扇的事。

悟空與鐵扇公主周旋一番，見她已沒有戒心時就問：「夫人，真扇子放到哪裡去了？千萬要提防，別被那猴子給偷走啊！」

「放心吧！」鐵扇公主笑著從嘴巴裡吐出一個只有一片杏葉那般大小的扇子，得意的說：「你看，扇子不是好端端的在這裡？」

悟空假裝迷糊，「真奇怪，這麼小的東西，怎麼能搧滅八百里火焰？」

鐵扇公主說：「唉，僅僅分別兩年，你就連自家寶貝都忘了呀！」

說罷，就順口說了把扇子變大的口訣。

悟空一拿到扇子，又得知變大的口訣之後，立刻現出本相，一筋斗翻走。鐵扇公主發覺上當，氣得跌坐在地上，拚命大叫：「氣死我了！氣死我了！」

牛魔王那邊，散了宴席之後，發現金睛獸沒了，馬上就猜到一定是悟空搞的鬼，匆匆趕回翠雲山一看，知道悟空剛剛騙走了扇子，氣得火冒三丈，立刻駕雲直追！追了一會兒，果然看到悟空扛著已經變成一丈二尺長的大扇子，正在前面一蹦一跳的走著呢！

牛魔王心想，如果正面交鋒，只要孫悟空用扇子一搧，自己就會被搧得大老遠，根本拿他沒辦法，看樣子，還是得使個計謀把芭蕉扇

給騙回來才行。

於是，牛魔王就變成豬八戒的模樣，抄近路繞到前方，迎上大聖，親熱的說：「師兄！你辛苦啦！師父看你這麼久還沒回來，叫我過來接你，來，我來幫你扛扇子吧！」

悟空雖然有火眼金睛，照說應該能分辨得出真假，但此刻因為太過得意和高興，有些飄飄然，竟一時不察，非常大意的馬上就把扇子遞給了牛魔王。牛魔王一接過扇子，現了本相，怒視悟空道：「潑猴！你還認得我嗎？」

悟空一看，懊惱得不得了！心想自己真是「打了一輩子的雁，今天反倒被雁給啄了眼睛」！

牛魔王用扇子搧悟空，但因悟空肚子裡早就有定風丹，搧不動，

只得和悟空對打。兩人正鬥得難解難分，真的八戒趕來，也加入戰局。情急間，牛魔王現了原形，變成一頭千丈高的大白牛，悟空也跟著變得頂天立地，舉棒朝大白牛打過去，大白牛則低下腦袋，用角來擋。

這一場惡戰驚動了天庭，許多神將都紛紛趕來助

戰，將牛魔王團團圍住。牛魔王見大勢不妙，收起法相，逃入芭蕉洞，悟空也收起法相，率著眾天將把翠雲山圍得水洩不通。

這時，牛魔王的愛妾——那隻玉面狐狸精的魔雲洞已經被豬八戒燒了，狐狸精和許多小妖也都死了，鐵扇公主已完全沒了鬥志，心慌意亂的對牛魔王說：「大王，快把扇子借給那猢猻吧，好讓他們退兵！」牛魔王咬牙切齒道：「借扇子是小事，可是我嚥不下這口氣！」於是重新披掛整齊，提著兩把刀又殺出洞來！

然而，牛魔王最後還是寡不敵眾，被托塔李天王用照妖鏡照住，動彈不得，只得向天王求饒，說情願皈依佛家。

鐵扇公主也獻出了芭蕉扇。悟空拿著扇子，來到火焰山前，只搧一下，火就熄滅了；再一搧，有涼風了；搧第三下，就細雨霏霏，下起雨來。

悟空問：「要怎麼樣才能永遠斷絕火根？」

鐵扇公主說：「只要連搧四十九下，那火就永不再發。」

悟空於是使出神力，一連搧了四十九下，果然大雨滂沱，有火處下雨，無火處天晴。一直到第二天早上，大火徹底熄滅，悟空這才把扇子還給鐵扇公主，和師父、師弟們一起過了山。

肆

收穫滿滿神魔之旅

特別感謝八大金剛情義相挺

第二十一章 大戰犀牛怪

唐僧師徒四人只顧辛辛苦苦的趕路，也沒在意到底過了多久，轉眼十數年就這樣匆匆過去了。

這天，他們來到天竺國金平府，看到城裡人來人往，非常熱鬧。四人走進一座慈雲寺，寺裡的和尚聽說他們是遠從東土大唐來取經，都大為驚訝，深表佩服。

兩天之後，正好是元宵節，城裡掛滿了五顏六色的彩燈，唐僧師徒和慈雲寺裡的和尚一起興致勃勃的進城觀燈。來到金燈橋，看到橋

上有三盞金燈，每一盞都像水缸那麼大，缸裡的燈油香氣撲鼻，非常好聞；和尚們說，這油叫做「酥合香油」，是特別替三位佛爺所準備的，每年元宵節的晚上，都會出現三位佛爺，取走燈油，然後保佑當地百姓們會有一個豐年。

正說著，空中颳起了風，呼呼作響，看燈的人四散奔走，緊接著，果然有三位佛爺駕著彩雲飛了下來。唐僧跑上橋，糊里糊塗的倒身就拜。

悟空大驚，大嚷一聲：「師父！不要拜！那是妖怪！」

悟空快速過來要拉唐僧時，忽然燈光昏暗，才一眨眼的工夫，唐僧就不見了。

「咦！師父呢？」八戒和沙和尚紛紛問悟空。

悟空說：「師父樂極生悲，被妖精抓走了。」

寺裡的和尚還充滿疑惑的問：「哪裡有妖精？」

悟空說：「那三個『佛』就是妖精！你們被那三個妖精騙了這麼久，現在連我師父也看不出來那是假佛，而被他們抓走了。」

說罷，悟空吩咐八戒和沙和尚回到慈雲寺看好行李馬匹，縱起筋斗雲，就隨著腥風向東北方趕去，趕到天明，來到一座大山，風才止息。悟空停下來，剛下了山坡，就碰到一個人趕著羊兒走過來。

這人告訴悟空，這座山名叫青龍山，山上有一個玄英洞，洞裡有三個妖精，是犀牛怪，他們很喜歡吃酥合香油，所以就變成佛像，哄著金平府地方官員設金燈，年年元宵都去收燈油；今年收燈油時看到唐僧，認出他是聖僧，就把他抓來，現在正準備要用酥合香油煎著吃哩。

悟空趕緊趕到玄英洞，舉著金箍棒在門口叫罵：「妖怪！快放了我師父！」

三個犀牛精各持武器，率領小妖，走出洞門，看到悟空的模樣，不覺得他有多厲害，不屑的說：「哦，原來鬧天宮的孫悟空就是這個猴子？」

悟空大罵：「偷燈油的賊！快還我師父！」

悟空掄起鐵棒就打，三個妖怪合力迎敵，還有很多小妖助威，雙方大戰一百五十回合，不分勝負，悟空眼看自己勢單力薄，無心戀戰，縱起筋斗雲先回到慈雲寺。

妖怪們得勝回洞，得意非凡。不久，悟空和八戒、沙和尚一起殺

來，但是經過一番苦戰，仍被妖怪們各個擊破，八戒和沙和尚都陸續被抓，孫悟空孤掌難鳴，只好又一筋斗先走了。

他翻上天宮，太白金星告訴他，那三個妖怪因為是犀牛成精，只有四木禽星才能降服他們。「四木禽星」是天上的四顆星星，他們一聽犀牛精作怪，馬上和悟空一起來到青龍山。

來到玄英洞前，四木禽星先讓悟空挑戰，引妖精出來。

經過一番激烈的戰鬥，還從陸地一直打到海裡，總算降服了三隻犀牛怪；其中一隻被打死，四木禽星割下他的角，帶回天庭獻給玉皇大帝，另外兩隻則被悟空等人牽著回到了金平府。

悟空在城池上空高叫道：「金平府的官兵百姓聽著，我們是大唐欽差西天取經的聖僧，請天神收服了每年都變成假佛來偷燈油的妖精，今後你們切不可再設金燈、勞民傷財了！」

大家都非常感謝他們，在得知降服犀牛怪的經過之後，更是一個個都對唐僧師徒讚不絕口。隔天，師徒四人繼續西行，百姓們都依依不捨、自動自發的送了他們很遠很遠。

第二十二章 功德圓滿

歷經十四年，歷盡千辛萬苦，唐僧師徒四人終於來到佛祖聖地，取回了經書。

完成任務之後，八大金剛還吹起香風，把師徒四人吹到空中，護送他們很快就回到了東土大唐。

唐太宗自從貞觀十三年九月十二日送唐僧出城，三年後就命人在西關外建了一座「接經樓」，然後每年都來這裡準備迎接玄奘。這天，太宗剛好又到接經樓，忽然看到西方滿天祥瑞之氣，緊接著傳來

陣陣香風，又過了一會兒，一朵祥雲便飄然落下，唐僧師徒四人陸續出現在眼前。

太宗大喜過望，馬上與百官下樓相迎。

唐僧見了太宗，倒身下拜，太宗趕緊親自把他攙起來，看看悟空、八戒和沙和尚，好奇的問：「這三位是誰？」

唐僧回答：「是在途中收的徒弟。」

太宗要師徒四人隨他回宮。唐僧謝了恩，騎上馬，悟空掄著金箍棒緊緊相隨，八戒和沙和尚則在後面扶馬挑擔，一起隨駕進入長安。

一時之間，長安城大街小巷都不斷有人在興奮的奔走相告：「取經人回來了！取經人回來了！」

大家都欣喜若狂，也紛紛夾道相迎，希望爭睹取經人的丰采。

來到皇宮，太宗請唐僧登上金殿，賜座。唐僧謝恩坐了，叫人把經卷抬來。

太宗問：「取回多少經書？」

唐僧說：「取回有字真經三十五部，各部中都取了幾卷，共計五千零四十八卷。」

太宗聽了，非常高興，立刻下令在光祿寺大設宴席，慶賀御弟功德圓滿，取回真經。

太宗看到悟空、八戒和沙和尚立於玉階下，因為他們相貌特別，便也好奇的詢問唐僧這三位高徒的來歷，唐僧不但一一報告，還把取經途中所遇到的重重險阻也都大致說了一下，隨後並交還了通關文牒，太宗取來一看，上面有寶象國印、烏雞國印、車遲國印、西梁女國印、祭賽國印、朱紫國印、獅駝國印、比丘國印、滅法國印、鳳仙郡印、玉華州印、金平府印等等，再加上沿途高山峻嶺不斷，取經的辛苦真是不可言喻。

第二天早朝，太宗口述《聖教序》一篇，命中書官記錄，然後宣唐僧入朝，將《聖教序》賜予唐僧，又命唐僧開卷誦經。

唐僧說：「如果要誦經，必須尋佛地，在金殿不可以誦經。」

太宗就問左右：「長安城中，哪一座寺廟好？」

大學士蕭瑀說：「雁塔寺好，很潔淨。」

太宗就命百官捧經到雁塔寺，搭起高臺，請聖僧誦經。

唐僧又說：「如果想要真經流傳天下，應該謄錄副本，然後將原本珍藏。」

太宗認為很有道理，便在長安城東邊，建了一座寺廟，叫做「謄黃寺」，命翰林院與中書省各官一起謄寫真經。

這天，唐僧捧經登上雁塔寺的高臺，正要開始誦經，忽然聞到一陣香氣，八大金剛在半空中高叫道：「誦經的，放下經卷，跟我們一起回西天受封去吧！」

唐僧放下經卷，和悟空、八戒、沙和尚，連同小龍一起，都從高臺上騰空而起，乘著香風往西方而去。太宗和百官看到這一幕，都慌忙望空下拜。

八大金剛駕著香風，將唐僧師徒連同小龍馬五口，又回到靈山，靈山諸神都已齊聚佛前聽講。

如來就封唐僧為「旃壇功德佛」，孫悟空為「鬥戰勝佛」，八戒為「淨壇使者」，沙和尚為「金身羅漢」，白馬又回復為龍身，為「八部天龍」。

大家都滿心歡喜。悟空對唐僧說：「師父，現在我已經成佛，和您一樣啦，怎麼還能戴個緊箍兒？請你設法念個『鬆箍咒』，把它脫下來，我好把它打得粉碎，免得以後再讓菩薩拿去捉弄別人。」

唐僧笑道：「那個時候只因為你難管，所以才用這個不得已的辦法來管你，現在你都已經成佛了，哪裡還會有讓你戴那緊箍兒的道理？不信你自己摸摸看，那個緊箍兒早就不見了。」

悟空伸手一摸，嘿，果然如此！那個令他煩惱多時的緊箍兒已經自然消失了。

就這樣，唐僧師徒四人，連同小龍馬，大家都修成了正果。

國家圖書館出版品預行編目資料

西遊記：孫悟空鬥神魔/管家琪改寫；NOFI繪. -- 初版.
-- 臺北市：幼獅文化事業股份有限公司, 2024.02
面；　公分. --（故事館；91）

ISBN 978-986-449-317-3（平裝）

863.596　　113000503

・故事館091・

西遊記：孫悟空鬥神魔

改　　寫＝管家琪
繪　　圖＝NOFI
出 版 者＝幼獅文化事業股份有限公司
發 行 人＝葛永光
總 經 理＝洪明輝
總 編 輯＝楊惠晴
主　　編＝沈怡汝
特約編輯＝吳佐晰
美術編輯＝游巧鈴
總 公 司＝10045臺北市重慶南路1段66-1號3樓
電　　話＝(02)2311-2832
傳　　真＝(02)2311-5368
郵政劃撥＝00033368

印　刷＝崇寶彩藝印刷股份有限公司
定　價＝300元
港　幣＝100元
初　版＝2024.02
二　刷＝2024.08
書　號＝987266

幼獅樂讀網
http://www.youth.com.tw
幼獅購物網
http://shopping.youth.com.tw
e-mail：customer@youth.com.tw

行政院新聞局核准登記證局版臺業字第0143號